相约名家·冰心奖获奖作家作品精选

高长梅　王培静◎主编

谁来证明你的马

伍中正　著

九州出版社
JIUZHOUPRESS
全国百佳图书出版单位

图书在版编目（CIP）数据

谁来证明你的马 / 伍中正著. —— 北京：九州出版社，2013.5
（2021.7 重印）
（相约名家·冰心奖获奖作家作品精选 / 高长梅，王培静主编）
ISBN 978-7-5108-2092-2

Ⅰ.①谁… Ⅱ.①伍… Ⅲ.①小小说 – 小说集 – 中国
– 当代 Ⅳ.①I247.8

中国版本图书馆CIP数据核字（2013）第084314号

谁来证明你的马

作　　者	伍中正　著
出版发行	九州出版社
地　　址	北京市西城区阜外大街甲35号（100037）
发行电话	（010）68992190/3/5/6
网　　址	www.jiuzhoupress.com
电子信箱	jiuzhou@jiuzhoupress.com
印　　刷	北京一鑫印务有限责任公司
开　　本	710毫米×1000毫米　16开
印　　张	11
字　　数	158千字
版　　次	2013年5月第1版
印　　次	2021年7月第10次印刷
书　　号	ISBN 978-7-5108-2092-2
定　　价	36.00元

出版说明

冰心是我国现代文学史上著名的作家,她的儿童文学作品和散文在中国文学史上占有重要位置。

这里所说的"冰心奖"包括"冰心儿童文学艺术奖"和"冰心散文奖"。

"冰心儿童文学艺术奖"创立于 1990 年。创立以来,它由最初的单一儿童图书奖,发展为包括图书、新作、艺术、作文四个奖项的综合性大奖,旨在鼓励儿童文学作品的创作出版,发现、培养新作者,支持和鼓励儿童艺术普及教育的发展。其中,"冰心儿童文学新作奖"与"宋庆龄儿童文学奖"、"陈伯吹儿童文学奖"、"全国儿童文学奖"并称国内四大儿童文学奖。

"冰心散文奖"是一项具有权威的全国性的散文大奖。冰心生前曾是中国散文学会名誉会长,"冰心散文奖"是遵照其生前遗愿而设立的,旨在彰显我国散文创作的成就,不断评选出题材广泛、思想敏锐、着力表现现实生活,创作形式风格多样的优秀散文。"冰心散文奖"是与"茅盾文学奖"、"鲁迅文学奖"并列的我国文学界散文类最高奖项,也是中国目前中国散文单项评奖的最高奖。

《相约名家·冰心奖获奖作家作品精选》共收录近年来荣获"冰心儿童文学艺术奖"和"冰心散文奖"的三十位作家的作品。这些作品无论是小说还是散文,或抒写人间大爱,或展现美丽风光,或揭示生活哲理,或写实社会万象,从不同角度给青少年读者以十分有益的启迪。

随着中小学课程改革的深入与发展,让中小学生多读书、读好书早已成为共识。我社推出本套大型丛书,希冀为提升中国的基础教育、为青少年的健康成长尽一份力。

九州出版社

CONTENTS

目录

第一辑　**梅镇的夏天**

CONTENTS

目录

CONTENTS

目录

第一辑

Mei Zhen De Xia Tian

梅镇的夏天

就要那棵树

米唐的门口长着一棵树。树是樟树,枝繁叶茂,像一大团无法握住的云。

米唐常常对那棵树一望好半天。她在树下唱歌,在树下写字,还在树下跳舞。米唐娘看见了,说,米唐不唱了,该吃饭了。米唐就不唱了。米唐娘说,不写字了,该去撒把鸡食。米唐就不写了。米唐娘还说,米唐,不跳了,该去园子里剥些菜叶来。米唐就蹦蹦跳跳去了菜园。

米唐考进了城里的学校。那棵树成了米唐学费的一小部分。凑学费的那些日子,米唐娘就想到了门前的樟树。当米唐娘的身后跟着几个肩背锄头手拿斧锯绳索的人时,米唐就知道,再怎么挽留这棵树也迟了。

那一大团无法握住的云倒下来的时候,米唐远远地站着,买树的人也远远站着。树一倒地,米唐抓着一根枝就哭起来。买树的人见了,劝她:米唐,别哭了,不就一棵树吗?

那些挖树的民工也跟着帮腔:再说,树就栽在离你学校不远的地方,你还可以去看!

米唐就渐渐地住了哭。

买树的人示意那几个人锯断了一些树枝。那几个人手中的锋利锯子,来来回回地寻找树枝最柔弱的部分下锯。树枝脆裂的声音很响,响在米唐空旷的屋前。

树让一家工厂买走,那家工厂在城里。米唐看见那棵脱光了衣服的樟树走上了去城里的路。

米唐在樟树生长的地方,又开始唱歌。米唐娘听了,说,米唐,不唱了,你比娘幸运,树到了城里,你在城里还能看见,娘就真的看不见了。

娘的话,又说出了米唐的眼泪。

米唐沿着那棵树走过的路,进了城。

米唐念书的学校,隔那家工厂不远,也就是隔那棵树不远。米唐下了课,就对那家工厂望,就对那棵树望。

星期天,米唐就去看那棵樟树。米唐看见樟树栽在厂门口。厂子里的人很讲究,还为樟树搭了远看近看有点儿黑的凉棚,树很快就活了过来。那些发出来的新芽长出来的新叶就说明了树没有死。米唐还看见有一个人在为树浇水。渐渐地,米唐就跟浇水的那个人熟了。浇水的是老魏。米唐每次走的时候,就跟老魏说,魏叔,很感谢你,过几天来看你。说完,米唐就默默走开。

回到宿舍,米唐拿出画笔和纸,一笔笔,很快画出了那棵树。画完,米唐把那幅画贴在床头。她起床时看,睡觉前还看。同宿舍的女生弄不明白,就问:米唐,好多的事物可以画,干吗要画一棵樟树?米唐淡淡一笑,再不多说。

再出去,米唐邀了个有照相机的女生。在树下,那个女生为米唐照了好几张照片。

米唐回到家,就高兴地对娘说,娘,那棵树长得好好的,还发了芽。说完,米唐还拿出了在树下照的照片。娘听了看了跟着高兴。米唐说,娘,往后,我还要买回那棵树!

米唐还到那棵树下去。接纳城市的阳光和雨水,樟树完全活过来了,再没有那黑黑的凉棚遮盖它美丽的身躯。米唐站在树下,老魏还在为那樟树浇水。只是那些从厂里出来的人,边走边说,有的人说到了树,说到了厂长,说厂长不应该拿职工要发的福利去买树,说这厂弄不好就要垮了。老魏看看他们走远,才对米唐说,米唐,这厂子怕不行了。

米唐问,魏叔,厂里的人往后会不会对这棵树起坏心?

老魏说,工人情绪不稳,说不定哪。

米唐"啊"了一声。米唐很艰难地从那棵树下走回了学校。

米唐从那所学校毕业后就恋爱了。

米唐领着男友走向那棵树。站在那棵树前,米唐停下步,用手指着那棵树说,你看你看,那根枝上还歇了一只黑鸟。男友顺着她手指的方向,漫不经心地看了一眼。

米唐说,你多看一眼,就不行?男友说,行。男友就紧紧地盯着那棵树。那树上的一只鸟让他盯飞了。

这个时候,米唐很幸福,也很沉醉。她让男友的手轻轻地揽住了自己的腰。

这个时候,米唐的眼里就有一些晶亮的泪水。

城市这么大,这么繁华。米唐最喜欢的地方就是那棵树下。她经常把男友带到那棵树下。她看见那些从城市吹来的风,一阵一阵地翻看樟树的叶片;她看见那些枝头落下的叶片很眷恋地飘向大地;她还看见老魏很坦然地在树下做最后的守望。

男友起初弄不明白。男友说,米唐,恋爱的地方多着呢,你再换个地方行不行?你说行,我把那棵树买给你!

米唐要的就是这句话,她等的就是这句话。

米唐的眼里浸着泪水说,这棵树就是我家原来门口的那棵树,我想让它回家!

男友说,行。

米唐门口的樟树又回来了。

米唐也请人给那棵樟树搭了凉棚。她还对娘说,娘,有空儿的时候,给树浇上水。

米唐走后,村里有人和米唐娘坐在屋里聊天,聊着聊着,就聊到了门口的樟树:米唐娘,你家米唐能耐呃,那棵你舍不得卖的树,又给你弄回来了!

米唐娘说,当日挖门口的樟树时,我家米唐还在树下哭呃。我就晓得她舍不得,说不定她还要把这棵树要回来。

米唐娘说完,两行泪径直往下落。

梅镇的夏天

天气越来越热。从梅镇那棵粗大榆树上看起来越来越绿的叶子,就可以断定,夏天要来了。

夏天一来,镇上就来了一个跛腿年轻人。他看了看高高的梅镇再看了看高高的榆树,就不再往前走,一屁股坐在了粗大的榆树下。

老榆树不认识他,梅镇人也不认识他。年轻人第一次出现在梅镇,就是一副可怜兮兮的样子。脸上脏,衣服脏,腿上更脏。露出的右小腿像烧煳的米饭,样子很难看。跟着他一起来的还有一提包,提包是牛皮做的,不新不旧,只要拉链哗啦一拉开,提包的口就张得大大的。

梅镇人不知道他从哪里来的。老榆树开始同情他,给他遮阴又给他遮雨。

梅镇人开始同情他。有人给了他衣服,还对他说,你那件衣服太旧了太脏了,换换吧。年轻人顺手就接了衣服,说了几声"谢谢"。他把衣服放在身边,眼睛盯着小腿,小腿在一点点溃烂。他觉得离自己数钱的日子不远了。

有人给了他凉粥,对他说,一天到晚在太阳底下坐,口里肯定干得厉害,喝了吧。年轻人顺手接了凉粥,一口灌下。灌完,连说"谢谢"。之后,他眼睛盯着小腿,很艰难地移动了一下,给他凉粥的人看了很伤心。年轻人觉得数钱的日子就在眼前。

有人给他菜饭,还对他说,一天没吃饭了,肯定饿坏了,赶快吃了吧。年轻人顺手接了饭碗,筷子在一个劲儿地往嘴里扒饭扒菜。吃完,他的眼睛再盯着他的腿,再不作声。他觉得再过一天,就到了数钱的日子。

梅镇很多人都在同情他。梅镇的夏天,就有了一个话题,很多人说来镇里的那个年轻人可怜,太可怜了。年轻人也听到了他们的议论,低下头,暗暗地流过泪。

从梅镇那棵粗大榆树上传来的长长短短的蝉声就知道夏天渐渐过去,年轻人没有要离开的意思,听着那蝉声,就小睡一会儿。

有人再给他衣服,他摇了摇头,说,给我点儿钱吧,我还等着钱上医院治腿呢。给衣服的人就在自己的口袋里掏出了钱。

有人再给他凉粥,他摇了摇头,说给我点儿钱吧,我还等着上医院,再不上医院,我这腿就废了。给他凉粥的人回到家里,拿来钱给了他,说,赶紧上医院吧。

有人给他饭菜,他摇了摇头,说,给我点钱吧,我还等着钱上医院,再不上医院,我这腿真的就要废了。给他饭菜的人从口袋里掏出了钱。

年轻人没有离开梅镇。他每天在梅镇人同情的目光里获得了上医院的钱。夜幕降临,他就开始数钱,数那些轻易换来的钱。数完,他自如地拉开提包的拉链,把钱放了进去。然后,他很狡猾地一笑。一抬头,他从那些繁密的枝叶间,能看见梅镇天空上的星星。

梅镇人眼里的夏天很快就要过去。很多人都在担心年轻人。一个夏天,他应该有了不少的钱,应该拿着很多钱离开梅镇到医院去。

又有人站在了他的面前,看着他,说,上医院的钱差不多了吧?

年轻人摇摇头,说,昨夜里让一伙人抢了去,真的回不去了。

很多人听说了他的遭遇,在他的面前丢下一张张的钱,就走了。

很多人又来了,在他面前丢下一张张钱。

年轻人看看梅镇的天,一张一张地叠起了那些钱,快速地放进了包里。

蝉不在那棵榆树上叫了。年轻人用手擦了擦他跟焦煳米饭一样的小腿,艰难地站起身。起身那刻,那块焦煳的东西,很快地脱落。

梅镇有人看在眼里,然后看见年轻人很快地跑出了梅镇,跑出了夏天。

很多人不知道,年轻人就是我的亲兄弟。我的亲兄弟跑了多久跑了多远?

我知道梅镇隔我的村庄一百多里,他是哭着跑回来的。他的女人得了癌症,死在了医院的病床上,欠下一屁股债。医院的院长说,要是还不了,就不用还了。我兄弟死活不依。

我的亲兄弟从那以后满镇子乱跑,在自己的腿上,用一种很浓很黏的猪血贴着,样子怪难看的,博得了很多人的同情。

我的亲兄弟从梅镇回来就把那些钱还到了医院。医院院长说,我的亲兄弟很讲信用,差了医院的医药费还记得还。医院院长还留他在医院里吃了一顿饭,饭吃到一半,他把一些没有动筷的菜,用一个白色的饭盒,装了满满一盒,来到了他女人的坟前。

从女人的坟前回来,我的亲兄弟对我说,哥,我再不用那块伤疤骗人了,等我以后有了出息,我就到梅镇去,找到那些给我衣服给我凉粥给我饭菜给我钱的人,好好报答他们。

我一把抱住我的亲兄弟,只听他在我的背后一字一顿地说,哥,我以后,再不骗梅镇的人了。

向果

向果落榜了。

向果从县招生办赶回村里，村庄在他眼里开始模糊，天就放肆地黑了。低矮的屋前，向果像一棵树样站在门外，不肯进屋。

星光天，向果娘睡不着，起身开门，看见向果，说，回来了也不进来？

向果进屋说了一句，我要出去打工。

向果娘不依，外面的世界也不好闯，等些日子再作打算。

向果又说了一句，娘就依我一次。

向果娘还是没依。向果像树上落下的一颗果子，就一下扎在床上。

向果留在了村里，他把苦水咽在肚里，一个理由是为了娘，再一个理由是为了叶小开。叶小开像一只飞来飞去的蝴蝶，看不到她的时候，她擦了粉上了香就在城里做事。看到她的时候，她在村里，也在向果的眼里。

梅花塘是向果家的。整个夏天，向果没去别的地方，就去了梅花塘，塘里盛开了很多美丽的荷花，每一朵荷花就如叶小开光洁的脸。

向果就在梅花塘边走着，轻松地走着。

叶小开歇在塘边，一袭白裙，就像一朵盛开的荷花。

向果娘远远地看着向果跟叶小开，看着他和她经过的下午。

向果在塘边见到了叶小开，见到了飞来飞去的蝴蝶。

向果！叶小开大声地喊。喊声极响亮，很多的荷花张着的耳朵都听见了。向果就停下脚步，从容地停下脚步，一点儿也不慌张。

叶小开的眼里只有向果，站着的向果很耐看。

耐看的向果就让她看。

向果像荷花一样笑了一下，就走回家了。

直到天黑，叶小开还歇在塘边，叶小开飞走的时候，小声地说了一句，向果我要你。

晨风吹过，门前有的是凉爽。向果娘坐在晨风里一味地提醒向果，你跟叶小开在一起的场面，娘看见了，你跟了叶小开，是你的福气，主意你自己拿。

向果变了脸色，说，我不要跟叶小开在一起，她的心不单纯。

向果娘坚持自己的想法，有些事不像你向果想得那么简单，她不单纯你单纯？

向果让娘给的说法，迅速地砸低了头。

村庄热。向果的棉地里更热。向果在宽阔的棉地摘着棉花，一朵一朵软弱的棉花从向果的棉树上回到他的篓子里。

叶小开来了，她快速地走进了棉地。

向果和叶小开浑身是汗，那一地复杂的棉树遮没了向果跟叶小开的身影。

向果果断地说，叶小开这么疯，我做了你。

叶小开说，你做，我让你做。

向果压在叶小开身上，叶小开就有点儿疯了。

叶小开抱着向果，向果就有点儿疯了，叶小开看看天，天上的一朵白云就像一大团棉花。

向果和叶小开出来的时候，浑身是汗。向果在篓子里抓出几朵棉花，擦了擦叶小开脸上的汗。

叶小开幸福地让她擦着，洁白地擦着，轻轻地擦着……

秋天里，叶小开回味着向果擦汗的动作，她拿出在城里赚回来的钱，给向果买了摩托车。

冬天里，叶小开回味着向果擦汗的动作，她拿出在城里赚回来的钱，给向果买了羊皮大衣。

春天里，叶小开回味着向果擦汗的动作，她脚步轻盈地进了向果低矮的家门。

看着这一切，向果娘脸上的笑容像梅花塘曾经盛开的荷花。

向果娘说，叶小开给你幸福，你要好好爱她。向果低着头不说话。

在村里，向果办了红薯粉厂。

办了厂，向果对娘说，往后睡屋里就少了。

向果娘说，好好地待你的叶小开，睡不睡屋里没事的。

向果再没说啥，不声不响，卷了铺盖。不声不响，他就去了厂里。

向果娘出门，就有人对她说，你家向果真是有福气，读了一肚子书，认得了叶小开，办了厂，发财了。县里领导都来视察了，还上了电视。向果娘一听就高兴。

还有人说，你家向果的厂办在村子里，这村里的红薯，他不能挑剔着要。向果娘一听，说，我得提醒提醒。

向果娘来到向果的厂里，向果正好在车间里出粉。粉出来，冒着热气。向果娘说，娘跟你说个事。

向果停了出粉，说，娘，你说。

向果娘话到嘴边，咽回去。

向果说，娘有啥事，就说。

向果娘才说，向果，你不能不要村里人的红薯，那可是上等的红薯，个大味好，没得说。

向果说，叶小开的厂子里，不要红薯，她做的是假红薯粉。

向果娘说，都是叶小开的主意？

向果说，还没结婚前，她就想着要做。我说，一定要做，我就不结婚。她又说，只要结婚，她就不做了。

咋又做了？向果娘疑惑。

向果说，她说向家是她扶起来的，不听她的，她就不扶了。

向果娘说，向果，叶小开她会害了你，离婚，咱不稀奇她的摩托车，咱也不稀奇她的羊皮大衣。她迟早会害了你。

向果说，我都成县里的民营企业家了，还能闹离婚？

向果娘下跪，说，向果，人不能昧了良心做事，叶小开只害了你，她要跟你长久在一起，她会害更多的人。

向果双手扶起娘。很久，向果说，娘，就是死，也不做假红薯粉了。

1987 年的秋天

1987 年的秋天，让我幸福，又让我痛苦。

那年夏天，我如愿考上大学。

我成了村里的第一个大学生，这个事实让躁动的村庄经历了很多的惊讶和喜悦。村庄里经久不息的话题就是：意波这下考上大学了；意波往后不用下地下田了；意波往后能娶上标致媳妇了，谁家的闺女还小看他？！

那个炎热的夏天还没有结束。我的录取通知书是村里的贺九送来的。瘦瘦的贺九一脚跨进家门的时候，我和娘围着餐桌在吃早饭。早饭极为简单：我煮的稀饭，娘细心腌制的酸豆角。看见贺九脸上不易淡去的笑，我就知道，贺九肯定有事要跟娘说。

贺九说，你家意波怕是考上了。贺九说完就扬了扬手里的牛皮纸信封，那个牛皮纸信封像一道好菜一样吸引了我的目光。

我放了碗筷，碗筷放得叮当响。接过贺九手中的信封，迅速掏出了里面红色的录取通知书。

我快速地看了一遍通知书，就对娘说，娘，我考上大学了。

贺九高兴得双手拍了起来，嘴里说，那就好那就好。

贺九高兴着要走，我送他，他不依。娘送他，他更不依。

贺九一走，我又喝了一碗稀饭，嚼了一大口酸豆角，我嘴里的酸豆角有滋有味的。那个炎热的夏天就在我的有滋有味的酸豆角中开始了。

我和娘站在梨树下，那是我家最好的也是可以用来骄傲的梨树，树上毫无顾忌地挂着皮色没有黄透的梨。

上大学的费用肯定比上高中要多。娘站在梨树下说，到哪里去弄学费？

我抬头看了看树上的梨，还没有回答娘的话，怀村就走来了。

我考上大学的消息肯定是贺九散布的，连村主任怀村也知道了。

怀村就对我说，意波，你是村里第一个考上大学的，村里放场电影。

怀村讲的话作了数。第二天晚上，一天的星，村里就放了一场电影。怀村要我和娘坐在放映机前面一点儿。我听他的，就坐下了，娘也坐下了。我看见很多人都朝我看，坐在我前面的几个女孩子还不时地回头看我。

场子上很安静，怀村在电影放映前，说了几句话，大致的意思是，村里要出几个像意波这样的伢，会再放几场电影。

电影就开始了。我和娘并排坐在一起，娘不怎么朝银幕上看。我的手抓着娘的手，说，娘，学费的事少想点儿。

娘才抬头，盯着那块扯得不正的银幕。

1987年的秋天跟以往的秋天不同，树上的梨子像往常一样熟了，我爬到了树上，摘那些梨子，摘一个往袋里放一个，娘站在树下叮嘱我小心一点儿。

我在树腰上，透过密匝的梨树叶跟那些梨，看见怀村来了。

怀村对我吼，意波，别爬那么高，快下来，我有事跟你说。

我从树上下来，赶忙从袋里掏出两个梨来，说，村主任，吃。

怀村没有接梨，顺手推过来，示意不吃了。

怀村着力把我拉到一边，只见他从袋里拿出一个包来，说，你这三年的学费，拿着，千万别对其他人说，包括你娘。

我接了那个包，放进袋里，顺手拿出两个梨来，他拿在手里当没事一样走了。

怀村走不多远，又走回来，拍了拍我的肩，轻声对我说，以后，人家问起学费，就说是大学里免了。

我让怀村给弄糊涂了。

晚上，我对娘说，怀村借给了我上大学的钱，梨还卖不卖？

娘说，不卖了，挨家挨户送出去。

1987年的秋天，我回望那棵梨树，回望娘，回望怀村跟贺九，顺利地走出了村。

大学毕业，我分配在检察院工作。我把一年的工资全攒起来，年底，我回了一趟村。

我把那些钱包成一匝，让娘给怀村送去。

娘口里哈着热气就去了怀村家。

娘很快就回来了。

娘脸上尽是忧郁地说，意波，怀村他说没借给你钱，说啥也不要。

我急了。

我赶到怀村家，怀村躺在床上，嘴里喘着粗气。怀村看见我，很艰难地笑了一下，说，意波，村里人看到你出息了。

我笑笑。

我说，怀村主任，1987年的秋天，你一下子借给了我三年的学费，你就忘了？那天，我在树上摘梨呃。

怀村说，这事我记着，永远记着。

怀村示意我靠近他，我在他的床沿上坐定。他接着说，意波，那时候，怕你跟你娘为学费犯愁,我只好在村里的账上做了一下手脚,我要不那样做,外村人会见笑,这么大一个村,让一个伢上不起大学,丢人呐。

我听了,心里很不好受。

我走的时候,怀村执意拉着我的手说,1987年的秋天,村里那才叫风光呐。你放心,钱,我会交到村委会的。

我听了,心里踏实了。

从怀村家出来,我快速地打量了村庄,很快找到了回家的路。

五十棵板栗树

空气和阳光做成的早晨,宋小梅得到了五十棵板栗树苗。

天一放亮,宋小梅的屋顶上就歪歪扭扭地冒出几缕炊烟来。那炊烟很淡、很淡地散到空气中。低矮的屋前就来了一个人,人是男人,影子落在地上。男人的背后背着一小捆树板栗树苗。

宋小梅在空气和阳光里打量男人,男人放下树苗,长长短短有点儿生硬的树苗让他在地上轻轻地放得一声响,响声轻轻的。

宋小梅不等男人说话就开口了,你到别的人家去,我宋小梅不要这树苗。宋小梅的头轻轻地摇了几下。

宋小梅的摇头,并没有赶走男人。男人很认真地看着宋小梅,然后,声音很小地说,宋小梅,你先把树苗栽下,明年再来收你的树苗钱。

宋小梅抬了一下头。就在她一抬头里,她想到了屋后的一块地。

地是空地,向阳。宋小梅很想在那块地里栽下一些果树。以往的春天,尽管宋小梅栽下过一些娇贵的橘树,那些橘树艰难地长到夏天,就在要经历秋天的时候,就慢慢地蔫了枯了。宋小梅想到了要栽另外一些树。

宋小梅说,留下树苗。

男人说,地上一共是五十棵板栗树,栽不活不要钱,你仔细数数。

男人说完就走了。宋小梅把树苗抱进屋,揭开锅,拿了两个熟透的红薯,赶紧出来。

宋小梅追男人一程。她追到村口,看见了男人的影子,就喊:卖树苗的,停一停。

男人就在宋小梅的喊声里停住了脚步。宋小梅喘着粗气说,你怎么记住我?

男人说,记得。

宋小梅说,那你要来拿钱的呃。

男人说,会来的。

宋小梅再不喘着粗气,很平静地从衣兜里拿出还有点儿热气的红薯递给男人,说,路上吃。

男人一把接过宋小梅的红薯咬了一口,再没跟她说一句话,就走了。

宋小梅没有把得到板栗树苗的事告诉庄里的任何一个人。

打好坑,宋小梅把那些板栗树苗栽到了地里。春天里,那些板栗树就长出了绿亮绿亮的叶子,光鲜好看。

宋小梅一直在等那个卖树苗的男人。宋小梅有时站在屋前等他来,有时站在板栗树下等他来。

等过了一年,男人没有来。

宋小梅坚信,男人一定会来。

那块地里的板栗树越长越高,开花了,又结球了。板栗熟了,宋小梅拿一根竹篙乒乒乓乓地打下板栗球来,从球里掏出一粒粒板栗。她再把那些板栗挑到铺子里卖掉。

宋小梅喜欢着她的五十棵板栗树。有时候,她就走到板栗树下,看看那些板栗树开花,看那些板栗树挂球,看那些板栗球张开嘴吐出一粒粒板栗来。有时候,宋小梅还想到那个男人,他怎么还不来?

五十棵板栗树给了宋小梅不菲的收入。每年卖完板栗,她都要把那些钱存起来。她想:这些钱也应该让那男人得一部分,男人至今还没有拿到树苗钱呢。

不出几年,宋小梅成了庄里有名的果树之家。她的房前屋后,分到的地里,还有租来的山坡上,都是果树。只是,宋小梅一直让那些板栗树长着。

宋小梅开始打听那个男人的消息。她从周边的村一个一个地询问。告诉她的人,都说,没有这个人。有人还反过来问她,哪里还有不要钱,放下树苗就走的人?

宋小梅又在周边的乡一个一个地打听。告诉她的人,也说,没有见到这个人。谁会那么猪,连钱都不要就走人?

宋小梅等着那个男人出现。

又一年春天,宋小梅的门前,来了一个十分俊俏的女孩。女孩十六七岁。

宋小梅见到了女孩就问,你找谁?

女孩说,我找宋小梅阿姨。

宋小梅说,你找我?

女孩说,我就找您,宋小梅阿姨,您别找我爸爸了,他不肯见您。

宋小梅问,为啥?

女孩摇了摇头,不肯说。

宋小梅说,别怕,胆子大点儿,说吧!

女孩说,宋阿姨,那一年,我爸爸从农场刑满释放回来,没有人接他。当时,他身上没有路费,就只有走回来,他走到一个果木基地,就想到了偷,偷了几百棵板栗树苗,卖了作路费。他一路卖回来,还剩五十棵树苗时,就卖到了宋阿姨家。见宋阿姨没钱,他也没急着要。后来,那个果木基地的人发现线索,找到了我爸爸,要我爸爸说出买了板栗苗的人,追回板栗苗,我爸爸把那些给了钱的人都说了,唯独没有说出宋阿姨。

女孩又说,后来,我爸爸为这事,又进去了一年。再出来,他就忘了这件事。后来,宋阿姨到处找他,要给他钱。他说,他不能见您。现在,由我来告诉您,他更不能要这笔树苗钱。

宋小梅一听,吃了一惊。

女孩要走,宋小梅带她看了看那五十棵板栗树。屋后的板栗树一棵棵翠绿着叶子,一棵棵在阳光下沉默。

送走女孩,宋小梅望着那一棵棵的板栗树发呆。

那一年,所有的板栗熟了,宋小梅没拿竹篙敲打板栗球,也没要一粒板栗,板栗在地上随那些空球一一烂掉。

后来,每年的板栗熟了,宋小梅还是没要一粒。后来,整个宋庄的人再没见宋小梅卖一粒板栗。

芷兰秀发

"收头发——"长长的声音在邱家庄响起,邱家庄人知道:是那个收头发的中年人来了。

邱家庄很多的女孩是在那个中年人锋利的剪刀下,结束自己的长发时代,芷兰也不例外。

中年人背后挂一个陈旧的牛皮包,芷兰一口气追上那个中年人,说,师傅,你等等!

芷兰跟中年人站在夏天,站在夏天的树下。

夏天很燥热,树上有一只肥肥的蝉着力地鸣叫。中年人稳稳地站在芷兰的背后说,开剪了,给最高的价。

芷兰脸上带笑地说,开剪吧,师傅。

安生没上前拦芷兰,他知道自己拦不住芷兰,只好远远地看着,汗一粒粒在脸上在身上无所顾忌地生长又流动。

中年人掏出了亮而净的剪刀,剪刀张开嘴,吃发的样子干脆而贪婪。

芷兰就听见脑后有一种很脆的声音传来,那是剪刀断发的声音,极像芷兰的手平缓地撕碎青青菜叶的声音。

中年人一把挽着断落的芷兰的长发,满意地说,这是我见过的最好的长发!

芷兰掉转身来,眼泪就珠子一样落下来。芷兰说,师傅,你别说了。

中年人把头发放进了牛皮包,然后拿出钱,给了芷兰。

芷兰一把捻着钱,一转身,就走了,身后是越来越热的夏天。

芷兰转身离去的背影留在安生的眼里。

安生追上了中年人,说,师傅,我出钱买下你刚刚收来的头发。

中年人摇头。安生又说,我出双倍的钱。

中年人迟迟拿出长发,狡黠地看了安生一眼,说,拿走吧。

很多剪了长发的女孩走出了邱家庄,芷兰也不例外。

芷兰跟安生翻上高高的澧水大堤。芷兰说,我的长发剪了,卖的钱,作路费,你回去。

安生没有拉住芷兰的手,呆呆地站在澧水大堤上。

安生在芷兰的脑后没有留下一句话,芷兰就走了。

安生回来做了一个木匣子,木匣子做得极精致。在木匣子的底部,还刻了一行字:芷兰秀发永久保存。字刻完,安生想到了上漆,里面上的是黄漆,外面

上的是红漆,还用绿漆做了边,等油漆一干,安生就把芷兰的长发留在匣子里。

安生没事的时候,就打开木匣子,用手摸摸长发,然后一笑。合上匣子那刻,安生像看见了披着一头秀发的芷兰,觉得芷兰还在庄里。

邱家庄不断地传来芷兰的消息:说芷兰在外面做了小姐;说芷兰跟了一个大她四十岁的老头……

消息一个比一个坏。安生却不当回事。

汹涌的澧水冲决大堤,狂妄地进入邱家庄的夏天。安生什么也没带,手上拿了木匣子,奔向大堤,水就在他的身后追赶。

安生上到大堤上时,老村主任一把拉住他,说,安生,庄里还有人没上来。

安生说,我去,你替我管着匣子,要回不来,你把匣子给芷兰。说完就把匣子往老主任怀里一塞。

安生很快就把船往水里划,船在浑水里就像一片漾着的黑色菜叶。

很快,安生就救回来一个老汉。

很快,安生又救回来一个女孩。

安生再没有回来。

水退了。

芷兰回来了,头发让几枚发夹护着,发夹的颜色比夏天的颜色还扎眼。她身上挎着的包,在邱家庄的夏天晃荡精致。

芷兰坚信,安生不会走。

芷兰在邱家庄寻找安生。她没见着安生,就打听。有人说,安生走了。

芷兰还不信,好好的安生怎么会走呢?

芷兰眼里的树往上长了,树上歇了肥肥的蝉,蝉又在鸣叫。芷兰在自己断发的树下找到老主任,问,安生呢?

老主任说,水灾时,走了。

芷兰信了。

芷兰没哭。

芷兰要走,老主任说,芷兰,安生还有一样东西在我家里,你回来了,以后你就保存好了。

芷兰说，拿来看看。

老主任很快拿来木匣子。芷兰一手接过木匣子，老主任就走了。

握在芷兰手里的木匣子很轻。她打量了一会儿木匣子，再把底翻过来看，她一眼就看清了那一行字：芷兰秀发永久保存。

芷兰打开匣子，匣里是一把乌亮的头发，安静地卧着。

芷兰口里喃喃：安生，你把我的头发要回来了？

芷兰轻轻地把匣子搁在地上，一枚一枚地松了扎眼的发夹，从包里掏出把小剪刀，小剪刀在一小口一小口地吃那些头发。

邱家庄的眼里，芷兰的秀发一根根一缕缕无序地飘落……

远远地，过来一个人，是那个收头发的中年人，芷兰没有唤住那个中年人。

"收头发——"

那个中年人嘴里发出的声音，长长地忧伤地响起。

芷兰这才知道，这个夏天真的距那个夏天很遥远很遥远了。

宁娃家的猪

开春的时候，宁娃爹买了一头猪崽。宁娃两眼盯着爹牵回猪崽来。宁娃爹说，好点儿喂，年底杀了吃肉。

宁娃下了学，就一个箕篓背着，坡上坡下地扯草喂猪。有时候，宁娃还把那猪放出来,等着那猪鼓着肚子慢悠悠回来。宁娃爹看在眼里,说,千想万想吃肉,莫丢了那些字呃宁娃。宁娃说,不会的。放猪的时候,我还看着书呃。八月里的蝉使劲地鸣。村主任马为民走进宁娃家的时候,宁娃还在听着一路的蝉声回家。

马为民对宁娃爹说,秋后了,上次欠的提留款,再不交,就喊人来拉猪了。

宁娃爹站在门边说,马主任,宁娃的学费还欠着呃,到年底,等猪大了再说。马主任说,年底不行,到时候,你的猪走路了,村里的提留款又得黄了。

宁娃爹说,那就随马主任的意思办,反正猪在栏里,藏不住,要拉猪就拉猪。年底,我跟宁娃到马主任家里讨片肉吃。宁娃爹说这话的时候,宁娃再没心思听蝉声,正好听到了爹的话。

马为民悠晃着走不远,宁娃就用手指着马为民的背影说,亏你想得出,心这么黑,怎么当上村主任的。宁娃爹一见,赶紧说,娃,谁让你用手指村主任的?他是村里的大人呃。你还小,长大了,不讨人喜欢呃。宁娃说,莫听村主任的话,他不敢拉咱家的猪,他和妇女主任刘金桂睡过觉。

宁娃爹一听就骂:小杂种!那话是你瞎编得的?

天一黑,宁娃就摸黑出去了。宁娃摸黑回来的时候,宁娃爹没问。

天一亮,宁娃说,爹,我出去了。宁娃爹问,去哪儿?宁娃说,不远,反正在村里,过一会儿就回来。

出村口的树上,挂有一块木牌,木牌上写有一行字:马为民和刘金桂睡过觉!宁娃就坐在那块木牌前,也就是坐在那棵树前。早晨的风,凉凉地吹过来。

马为民过来的时候,看见宁娃,就问:这么早就在树下?宁娃说,有人要我守着这牌牌。马为民朝那木牌上看了一眼,又望了望宁娃,宁娃,谁写的?宁娃说,是别乡的一个人写的,我认得,那人牛高马大,脸上还有刀疤。走的时候还说,他坐过牢,谁擦了找谁。

马为民想,自己就跟刘金桂在山窝子里睡过一回,没人看见,咋就让人知道了?让村里人见到了,还得了?

马为民说，宁娃，你把字擦了，再把那牌子取走。

宁娃说，那人说，他就是要写给村里人看的，擦了，村主任不就没事了？

宁娃，你告诉我那人是谁，我免去你家的提留款。马为民说。

宁娃说，我家的提留款不让你免，我爹说了，村里要拉猪就拉猪算了。那人我不告诉你！你要擦了，他来了，我就讲是村主任擦的。

马为民说，那我就还免你家的义务工。你爹的腿都不方便了，冷天里他就不用到北山沟出淤泥巴了。这下要得了？

宁娃说，村主任说话可算数？

哪回不算数了？马为民说完又看了看路上，见没有人来。

那你给我写在本子上，我这儿有纸有笔的。宁娃说。

马为民的字就落在了纸上，宁娃就一把握着那张纸。宁娃说，写这话的人不是外乡的劳改犯，是我。宁娃看着马为民的时候，马为民呆了。

宁娃走的时候说，马主任跟刘主任的事，我不说出去就是了。

马为民、村会计老王、妇女主任刘金桂、治保主任小李去宁娃家收提留款。走到半路上，马为民一摸后脑壳，这才想起一件事儿，说，宁娃家就不去了，我上次看在宁娃还小宁娃爹腿不方便的分上，让他打了一张条子，就算免了。这事我都忘了，瞧我这记性！

妇女主任刘金桂说，马主任是怎么了？一向不讲免的，怎么一开口就讲免了？怕不是你那记性，可能是你那德性，真是的！

马为民说，老王不讲，小李也不讲，亏你刘金桂嘴里吐不出好词，还讲呃。

马为民瞥了一眼刘金桂，再不说话。老王说，莫讲莫讲了，不去就不去了。

年底，宁娃家杀了猪。杀猪那天，宁娃爹始终不明白，本来要让村里牵走的猪，马主任为什么却没来牵？

杀了猪，宁娃爹说，猪好歹是马主任留下的，给马主任送块肉过去呃，宁娃。

宁娃说，马主任他不敢要我家的肉。

宁娃爹一吼，娃你还小，这话你乱说不得，长大了，不讨人喜欢！

赵雪娥

这是一个沾着露水和香味的早晨。赵家庄很多人踩着露水就从赵雪娥的门前闹闹嚷嚷地往东去了。

走过赵雪娥门前的人都喊了她：赵雪娥，快走哇。

赵雪娥看清了，那些过去的人，手里都拿了东西，要么是锄头，要么是铁锹。

响壳走过去了，边走边说，这回，不给钱，不让他开工，推土机来了也不让他推。响壳的声音，赵雪娥听得出来。

鸭肩走过去了，接上响壳的话，这回，占了老子的地，鸭肩我要让他的脑壳开花。鸭肩的声音，赵雪娥听得出来。

赵雪娥，还愣着干啥？快走哇！他村主任前年拉了你的猪，这回是你要理的时候了。窗子嫂头发没有挽紧，手里捏了一根木棒，见了赵雪娥就说。

赵雪娥说，我有点儿怕。

窗子嫂甩甩头发说，怕啥？他村主任上回那么对待你，还给他屁面子，这回村主任要占了我家的地，我非脱了他的裤子，废了他。你赵雪娥不走，我走了。

赵雪娥说，窗子嫂，你别去，会出大事的。

窗子嫂丢了一句话，老子就是要让他出大事儿。

窗子嫂急急地走了。

赵雪娥知道,要骂要打的那个人是村主任介绍来的老板。

赵雪娥还知道,老板跟村里签了合同。村里起初不签的,后来,老板拉村主任吃了一回饭,说合同就签了,一大块地,20年让老板经营。合同签了后,都说村主任是空脑壳,再怎么穷也不能把那块地给那老板经营。

去还是不去? 赵雪娥为难了。

前年,自己家的税费没有缴齐,村主任还带来了几个牛高马大的人,呼呼啦啦一来,又捆又绑,拉了自己不到一百斤的猪,去也在理。

眼下,村里的人跟老板干起来,事儿就火了就不小了。

赵雪娥就一脚出了门。

早晨的地里围了好多人。老板喊来的推土机慢慢地开进了地。推土机的烟筒里冒出蓝蓝的烟,太阳照在推土机上,推土机就有了一种耀眼的红。

人就像鸟一样往地里歇,歇成一大群了。那片地里从没有歇过这么多的鸟。那些鸟只差往推土机上歇了。赵雪娥看见那些鸟,就往里使劲地钻。

窗子嫂披着头发,胸前横一根木棒往推土机前一站,推土机的烟筒就不再冒烟了。

好多人围着精神的老板,说什么也不让老板动工。老板说,我跟你们的村主任签了合同的,边说边从怀里拿出合同,还在手上扬了扬。之后,那合同像一片白色的羽毛握在老板的手上。

站在老板面前的响壳黑着牙说,签了不算,你那是跟村主任单独签的,不生效。

老板在人群里看了看,赵主任呢? 老板就喊:赵样发! 赵主任! 躲哪儿去了?

鸭肩扬了扬手里的锄头说,他赵样发还敢来?

老板的脸上渐渐地沁出了汗,那些汗让很多的眼睛看见过。那汗就像搁在禾苗上的露水。

鸭肩的锄头像果实一样落了下来。

不能打他！赵雪娥钻进人群，一把抱住了老板。

赵雪娥的肩上挨了鸭肩一锄。

人群一下子安静了很多。

怎么能打赵雪娥呢？

怎么打到了赵雪娥呢？

聚拢来的人知道出了事，一个个慢慢走开。那些鸟又四处觅食一样走开了。

只有老板扶住赵雪娥，他脸上的汗粒有着雨点一样的节奏，滴在赵雪娥的胸前。老板对赵雪娥说，你没必要挨这一锄，他们是冲我来的，不论你落下怎样的伤痕，都留在我的厂里。

赵雪娥说，老板你别这么说，赵雪娥只求老板能留下来。

赵样发一把扶着赵雪娥，说，赵雪娥你是替村主任挨了这一锄。

赵雪娥摇了摇头。

赵雪娥说，村主任，咱们村穷怕了，挨上这一锄，我赵雪娥跟您一样是想留住来村里投资的老板。

赵样发让赵雪娥说低了头。

老板也让赵雪娥说动了心。没一会儿推土机就冒出了蓝蓝的烟。

这是 1995 年初夏发生在赵家庄的真实的事件。当年，老板留了下来，征地工作很顺利。乡派出所知道了这件事，来了四个干警要抓鸭肩。赵雪娥拦住干警笑笑说，没那个必要。

派出所的干警就走了。

十年了，报纸和电视没有宣传赵雪娥的任何事迹。

赵雪娥是谁呢？

赵雪娥不是别人，是我的嫂子。

放羊

郑直在山坡上放羊时，跟郑直一起长大的炊灯来了。炊灯邀他出去打工。郑直看看那些羊，摇了摇头。炊灯两手拍了拍屁股，走了。郑直看着炊灯的身影越来越小。

郑直就在村里放羊。郑直放的羊并不多，就十五只，十四只是白羊，一只是黑羊。他有时望着那只黑羊发呆，这么多的羊里咋就一只是黑的？

黑羊是头羊。白羊都跟着黑羊走。黑羊往哪儿走，白羊就往哪儿走。

郑直没有羊。羊是他爹的。郑直爹说，等卖了羊，就给你娶媳妇儿。郑直站在爹的面前傻傻地笑，一点儿也没听明白。郑直爹又说，等卖了羊，就给你娶媳妇儿。郑直还是傻傻地笑。

郑直总是把羊放到对面的山里去。山里的草多。有嫩的草老的草，也有不嫩不老的草。头羊走得很慢，其他羊就走得慢。那些羊慢慢地出了圈，上了田埂，再过村道，就往山坡上爬。郑直就在后面走。右手里拿一根木棍。哪只羊不听话了，他就用木棍轻轻地打一下羊的腿。有的羊爬不上坡，哗啦一声滑下来。郑直觉得那羊没卵用，就走过去推了它的屁股。好多羊的屁股他都推过。所有的羊爬上坡后，他才浅浅地一笑。山坡上，是一些散乱的白云。

羊在吃草。郑直很多次看过羊吃草，看惯了，就不再看。他就坐在山坡上，看村道上走过的男男女女。他看见过村里漂亮的二妞穿着裙子在村道上走。二妞还朗声地喊过他。二妞喊他的时候，脸上笑开了花。二妞喊，郑直你下来，在村道上走走。郑直说，不走，我要放羊。二妞就一个人走了，像一只飞走的蝴蝶。郑直还看见过二妞跟一个男人走过。跟一个男人走的时候，二妞只看了看郑直，再没有喊他。他看见二妞的肚子大了起来。

二妞的肚子怎么就大了起来，二妞是不是病了？郑直想。

天黑前，郑直就收了羊。

郑直最喜欢春天放羊，春天里，郑直的手上还是拿着一根小木棍。春天里草多，羊吃了草，就在山坡上晒太阳。有只公羊吃饱了草，就往母羊背上有一阵没一阵地爬。郑直就用手里的棍子敲几下它的背，敲得那只羊咩咩地叫。

天气一冷，郑直就穿了厚实的衣服出去，等羊吃饱了才回来。

年底，炊灯从外面打工回来，走到郑直家里。郑直一把菜叶一把菜叶地往羊圈里丢。站在郑直的羊圈外，炊灯捂着鼻子对郑直说，郑直，我要买你的羊，全买！买了送给我的老板。

郑直说，你买了我的羊，我去干啥？

炊灯就说，你跟我一样去打工呀。

郑直就说，我不打工，打工没有放羊好。炊灯就一笑，又问：二妞买你的羊，你干不干？

郑直说，二妞不会买我的羊。要买，她早就来了。

炊灯笑话他，郑直，我不买你的羊，二妞也不买你的羊，你留着羊睡觉吧。炊灯的手不再捂着鼻子，走出郑直的羊圈，头也没回。

郑直说，我才不让羊跟你炊灯睡觉呃。

郑直仍一把一把地丢着那些菜叶。

过年了，那条村道上，来了很多车，车上装了水泥，装了黄沙，还装了很多民工。郑直晓得，村道要筑成水泥路了。

那些民工筑水泥路的时候，郑直还是把那些羊赶到对面的山上去。那些羊在刚浇好的水泥路上踏出一些脚印。就有民工说，郑直，杀了你的羊。郑直笑笑说，羊不听话，杀吧。

坐在山上，郑直看见那些民工在修路。

村道修好，经过的车越来越多。郑直跟那些羊过村道时很小心。

郑直爹说，郑直，那村道上车多，不到对面山上放羊了，换一个地方。

郑直说，羊走得慢，我走得慢，不要紧。

郑直赶着那群吃饱的羊回家。那只黑羊走前面。突然，一辆小车朝黑羊撞来，黑羊一转身，郑直大喊，我的羊我的羊。郑直赶紧跑过去。郑直就让车给撞了。那些白羊站在村道上，咩咩地叫。

郑直躺在医院里。

郑直回来，就瘸了一条腿。

郑直回来，就到羊圈里看，没有看到那只黑羊，就哭。郑直爹说，郑直，你哭个啥，那只黑羊，人家给赔回来了。

郑直的哭声渐渐地小了，后来就没了。

很多人来看郑直。

炊灯来了。吹灯说，郑直，好好养伤，腿好了就不放羊了。

郑直说，我会养好伤，伤好了，我就放羊。

二妞来了。二妞腆着肚子来，看见瘸腿的郑直。二妞说，郑直，你的那些羊还在。每次过村道的时候，注意点儿。你爹说了的，卖了那些羊的钱，你爹就给你说媳妇儿。

二妞的话，说出了郑直的眼泪。

郑直仍旧放羊，他把那些羊放到半山腰里去。跟那些羊一起进屋出屋，一起上山下山，他有时想，少了一只黑羊，也没什么的。

郑直靠着拐杖走路。春天里，他的手上再不拿小木棍儿，再看见那只吃饱的公羊爬上母羊的背，吃吃地笑。

宋体

宋体背上的背包像斜挂着的南瓜。

宋体一路走，南瓜就一路走，不急不慢地走到村部时，马蛋一眼就看清了他。

宋体、宋体、宋体。马蛋连叫三声。

马蛋用粗门大嗓叫住了宋体。他用那样的嗓子没有叫住那些出去打工的男人，却叫住了宋体，纯粹是一个意外。他还觉得能把宋体叫住，应该是村主任的职务起了不小的作用。

马蛋那天当选村主任。宋体最后一个投票，他内心很纠结地投了马蛋一票。

从选上村主任的那天起，马蛋嘴里一直念着宋体的好。很多时候，他觉得宋体的好，不能光在嘴上念着，应该付诸在行动上。

宋体停下不急不慢的步子。

马蛋几乎是跑出来的。他在宋体周围转了一圈，打量的样子很认真。然后，两腿站定。

宋体，只要你愿意干，村里有的是活儿。马蛋不会亏你。马蛋拍着胸脯大声说。

红砖堆在场坪，玉兰也长在场坪，村部门前是又大又空的场坪。西边有棵两人高的玉兰,一朵一朵地开着白花。马蛋用手指指那棵玉兰,说,宋体,看见没?场坪里的那棵树,把它先挖了。

好好的,挖它干啥?宋体问。

叫你挖就挖,那棵树将来会挡村部的风水。马蛋说。马蛋说完,就走了。

宋体用不急不慢的步子走回家来。

天很热,阳光很响亮。第二天,宋体一锄一锄地挖土,树上那些开着的花朵,一瓣一瓣地掉着花瓣。

马蛋是看着宋体挖倒玉兰的。玉兰倒下,那些花瓣散落一地。马蛋心里像少了一点儿啥,而宋体心里像多了一点儿啥。栽哪儿?一脸是汗的宋体问马蛋。

马蛋在场坪里有一口没一口地喝着茶,喝过一口后,说,宋体,你在场坪的东边打一坑,把那树给栽了。

从西边移栽到东边,树还不在场坪?宋体弄不明白,就问。

移栽!不光今年移栽,将来还要移栽!马蛋不是在说,而是在吼。

宋体就在东边打坑,坑很快就打完了。宋体叫来女人,一起栽那棵玉兰。马蛋站在场坪一口一口地喝着茶,看着宋体跟他女人栽树。天依旧热,阳光依旧响亮。

宋体不是要干活儿吗?村里还有活儿让你干!马蛋把自己的想法对宋体说了。回家的路上,宋体一直回味着马蛋的话。

场坪堆放的红砖,还剩5000多块,一直暗红着。马蛋把宋体带到场坪,站在那堆砖前,想说什么。好一会儿,马蛋盯着那些砖对宋体说,把这些砖搬到围墙外。

围墙有两人高,高过宋体的想法。

宋体就搬。噼哩啪啦搬过几次砖后,宋体就看看围墙,看围墙的高。

没两天,场坪空荡了,5000多块红砖,一块不剩,都到了围墙外,又在暗红着想法。

树栽了,砖搬了,宋体开口跟马蛋要工钱,显得顺理成章。

急啥？忙完后面的活儿，一起结账！马蛋说。宋体依了马蛋。

宋体提了一瓶酒跟马蛋在办公室里喝。酒喝到一半，宋体忍不住跟马蛋再要活干。马蛋说，急啥？喝完酒，自然有活儿干！

酒喝完，马蛋说，宋体，你把那棵树移回来。

宋体说，移。就移。按马蛋主任的意思移。

马蛋红着脸，嘴里的话多了起来。宋体回来时，还记得马蛋的话：这回，水要浇足，还有打支撑，不能像上次那样，苦了那棵树。

地上又落了一层白花。宋体把栽下的玉兰挖倒。

宋体把倒下的玉兰栽到了原来的树坑。

宋体女人给玉兰安了三根支撑。她还给玉兰浇了一担水，水哗哗啦啦地浇在玉兰的腿上。宋体看了看那棵玉兰，心想：马蛋，下次不能再移栽了，不然树真的会挪死。

宋体很高兴的样子，又和马蛋喝酒。酒喝到一半，宋体发话，那棵玉兰栽了。

马蛋说，栽得好，栽得好，村里就只有宋体才栽得这么好的树。

宋体又跟马蛋要活儿干。马蛋说，村里有你这么要活儿干的吗？你脑子肯定有问题。

你要不留我在村里干活儿，我在外面说不定天天有活儿干呃。宋体很生气地说。

马蛋一口酒灌进胃里，然后说，宋体，你把上次搬出去的砖再搬回来，活儿不就来了？马蛋走之前，说，就这么定了。

宋体打了一个很响的酒嗝，说，马蛋，你不配做村主任。

宋体又开始搬砖。他边搬边想，马蛋的脑子有问题，一定有问题。

宋体越想越不明白，马蛋咋就叫自己在村里干这么缺德的活儿？那些在外面打工的男人回来，知道自己是这么在村里打工的，不让他们笑话才怪？

砖搬完，宋体有了一点儿轻松。

宋体找到马蛋，开口要工钱。

马蛋拿出了一沓工钱。他对宋体说，还是当初那句话，马蛋不会亏你。

宋体接了钱，就问，马蛋，我就弄不明白，你咋就叫我干这活儿？

马蛋说，真弄不明白？那是我马蛋看得起你！

宋体让马蛋说得浑身不舒服。

回到家，宋体问女人，马蛋让我把栽了的玉兰挖起来再栽，把搬过的红砖又再搬，他脑子是不是有问题？女人说，他马蛋精着呢，当初，你不投他一票，那就是别人坐了村主任的位置，他是在明地里补偿你。

狗日的马蛋。宋体骂。

宋体决定出去打工。

宋体背上的背包像斜挂着的南瓜。他一路走，南瓜一路走，不急不慢走到村部，他看见，两人高的围墙外又堆码了一些红砖，村里的熊二两手搬着十多块砖吃力地走出来。

那一刻，宋体没有停留。

吹鱼

吹鱼在城里打工。

天一亮，吹鱼急急地骑着自行车去城里，车架上绑着铁锹和锄头。天一黑，他晃悠着，骑车回来，车架上仍绑着铁锹和锄头。

吹鱼要做的事就是挖沟。包头说了，在没有沟的地方挖沟，在挖了沟的地方再挖深一点儿的沟。

吹鱼想，挖吧，来城里就是挖沟的，挖了沟就来钱。

有空儿，吹鱼就坐在树底下疑问，城里怎么有挖不完的沟？回来的路上，吹鱼还想，城里的沟怎么挖不完？

吹鱼挖着包头所包的那段沟，却没有来钱。

吹鱼每次回家，回来的只有人，没有钱。女人胖云问，在城里打了半年工，工钱呢？

吹鱼说，再等等吧。

吹鱼继续挖沟。

沟挖完了。吹鱼找包头要钱。

吹鱼没有找到包头，包头走了。

吹鱼没有回家。他下了要找到包头的决心。

很快，吹鱼就在那条沟附近的一家餐馆找到了包头。餐厅在三楼。包头在三楼跟一个女人喝酒。吹鱼手拿着那把锹走上了三楼，一点儿也不紧张地在包头坐着的桌边坐了下来。

吹鱼的那把锹的锹口雪亮雪亮。包头看见了，女人也看见了。

包头喊吹鱼喝酒，像喊吹鱼开工一样喊了他。

吹鱼摇头。吹鱼说，我等着工钱，给了就走，酒留着你自己喝。

包头说，没钱给。

吹鱼说，你要真不给，我就跳楼。

一听要跳楼，包头没有紧张，说，吹鱼，你跳吧。

一听要跳楼，包头身边的女人吓了一跳，有点儿紧张。

吹鱼拿着那把锹走近窗户。吹鱼自己数着，一步，两步，三步。

一步，两步，三步。包头数着。

一步，两步，三步。女人也数着。

包头说，别跳，不就是一点儿小钱？！

女人在包里拿出了钱。

吹鱼拿到了钱。

吹鱼没有急着回家。他在一家小餐馆，一盘两盘地要了一桌菜，喝了半斤白酒。

吃剩的菜，吹鱼叫服务员打包。

回到家，吹鱼就听见胖云骂：两天没回，死哪儿去了，一嘴酒气的才回来。

吹鱼却高兴着，把吃剩地菜朝桌上一放，又把那包钱拿出来。

胖云见了，才没有骂。

胖云大口大口地吃着吹鱼带回来的菜。

吹鱼看着看着，眼里的泪就出来了。

胖云问，吹鱼，好好的，你哭啥？

吹鱼这才擦了眼泪，说，高兴，高兴。

吹鱼想再出去挖沟。他骑着自行车出去，车架上仍绑着锹和锄头。

再要吹鱼挖沟的是陈老板。陈老板有要求，这次挖沟，民工不能随便回家，要住在工地上。

吹鱼也不例外。

住就住。吹鱼就住了下来。

陈老板每天给现钱。起初，陈老板招人挖沟的时候说，这条沟，是市政公司的一个工程项目。市政工程公司有的是钱。他还说，要不嫌烦，每天收工的时候，就领钱。

头几天，吹鱼就跟其他民工一样领了钱。渐渐地，领钱的民工嫌烦了。有民工说，沟挖完了，一次发。陈老板注意到了民工的想法，他就一个一个地问，到底怎么发工资。很多人说，一次发。陈老板还特意问吹鱼，吹鱼说，一次性结工钱。

挖开的沟，埋下了管子。慢慢地，沟就填上了。

吹鱼两天没看见陈老板了。

陈老板没来工地。

吹鱼急了，陈老板挖完沟给大伙开工钱的，咋就不来？

吹鱼想到了去市政公司。在去之前,吹鱼想到了一个点子。他要送两面锦旗给市政公司。

吹鱼一手拿着那把铁锹,一手拿着两面锦旗。一面锦旗上写着:感谢为我提供工作!另一面锦旗上写着:我的工钱,您还记得吗?

吹鱼是上午走进市政公司的。下午,吹鱼拿到了工钱,其他民工也拿到了钱。

吹鱼没有急着回家。他去了一家超市。

吹鱼想:天冷了,胖云脸上干燥,给她买盒化妆品吧。

吹鱼就买了30元钱两盒的"靓丽"早晚霜。他高兴着回到家,就听到胖云的骂声:在外那么久,连个电话也不往家里打,吹鱼你还是人吗?

吹鱼的高兴仍写在脸上。他拿出"靓丽"早晚霜,再拿出一包钱,胖云的骂声就息了。

胖云往脸上来回地擦那些"靓丽"早晚霜,吹鱼就在一边看,看着看着,眼里就来了眼泪。胖云没有看见吹鱼眼里的泪。

"靓丽"晚霜在胖云的脸上散发淡淡的香味。她沉醉在那些香味里。很久了,胖云问,吹鱼,还挖不挖沟?

吹鱼说,挖。

胖云的脸凑近吹鱼的脸,吹鱼分明感到晚霜的香味。胖云说,吹鱼,那天的电视里,一个男人给一个女人买了三千块钱的化妆品,女人还嫌少,就跟男人分手了。

吹鱼觉得好笑,就一笑,说,我才给你买了30块钱的,你不嫌少?胖云说,吹鱼,就这样子的早晚霜,我喜欢。

吹鱼让胖云说出了眼泪。

胖云用手擦了擦吹鱼眼角的泪。

吹鱼看着胖云,说,过了年,照样去城里挖沟。

话一出口,吹鱼有点儿后悔,明年,老板要不给工钱,又想个啥点子?

谁来证明你的马

梅四久的马丢了。

梅四久早上起来就去了马圈，他没有看见马，只看见了柱子上的一小截链子，那链子是用来系马的。那一次，买回来的链子，他嫌长了一点儿，就截成了两截，长的一截系在马上，短的这一截套在柱子上。

喂了十年的马丢了，梅四久决定找马。他带了干粮和水，天一亮就出去，天黑了就回来。饿了就在树底下吃干粮，渴了就喝水。

回到家，梅四久觉得疲倦，就躺在了床上。渐渐地，就鼾声四起。朦胧中，那匹马系在圈里，尾巴摇来摇去，嚼草的声音很响。梅四久醒来，才发现自己做了一个梦。

坐在床上，梅四久就翻看五年前和马在一起时照的一张张照片。每看一张，他就有一种难受的感觉。

每次找马，梅四久都带着那截链子。他觉得，那截链子可以比对自己马上的链子，也算一个证据。

梅四久找了三天马，问了很多人，男的女的都问过，都说没看见。还有的人反问他，你自己的马，咋就不好好看着？梅四久让人说得很尴尬。

梅四久仍旧找马。有人劝他，你还是到派出所报案，让派出所出面，找到马的可能性就更大。

梅四久仔细一想,觉得在理。一个星期后,梅四久就走进了派出所。

梅四久看见自己的那匹马系在派出所前院的走廊上。那一刻,他赶紧跑过去,把头贴在马头上,话还没说,眼睛里就涌出了泪水。然后,他就用手摸着马的头。

梅四久很想牵回自己的马。可是,值班民警不依。民警说,梅四久,这马是它自己走进派出所的,我们在各村都贴了广告,也没人来领。你来领,没有谁证明马是你的。

梅四久说,系这匹马的链子跟我手里的链子是一样的。

民警看了看梅四久手里的链子,然后说,相同的链子有的是,根本不能证明马是你的。

梅四久还说,这匹马有一个胎记,胎记就在屁股上。梅四久走到那匹马后,用手指指马屁股上的一个细瘤。

民警说,有胎记的马多的是,不能说有胎记的就是你的马。

梅四久最后说,我找卖马的人来证明。

民警依他。

梅四久走之前,就去地里割了草。他把割来的草放在走廊上,马就慢慢地吃草,边吃边看着梅四久。

马是梅四久在庄一群手上买的,要庄一群来证明不就行了。梅四久和民警找到了庄一群。

梅四久对庄一群说,马是十年前买的,你应该还记得。

庄一群接连摇摇头,然后说,十年前的事,不记得了。梅四久说,你再想想,不就过了十年,咋就不记得你的马? 庄一群说,想不起来了。

梅四久无奈,只得回来。

梅四久回来,又在家里翻出了自己和马照的照片。他觉得照片上的马跟派出所的马是一样的。有一回,庄里来了个照相的,照的是快相。等两天就有,还保证送过来。照相的人说动了梅四久。梅四久就跟照相的人提了要求,说,就跟我的马照几张。

在民警面前，梅四久拿出了照片。民警仔细看了看照片里的马，又看了看梅四久。

民警看看那些照片，然后摇摇头，说，还是不能证明是你的马。

怎样才能证明是自己的马？梅四久想不出好的办法。

梅四久开始上访。他先见了乡长，说自己的马在派出所里，派出所不让牵回去。

乡长就到派出所了解情况。派出所所长跟乡长汇报了情况。乡长回头跟梅四久解释，要说马是你的，得有证据。

梅四久不跟所长闹，他没有吱声。

梅四久给马割了草，就去了县里。梅四久坐在了县信访局。信访局的人说，梅四久，你先回去，我马上给乡政府打个电话，让派出所把马送过去，很快，你就能牵回你的马。

看见信访局的人在给乡里打电话，梅四久才肯走出信访局的门。

梅四久回到家。还没来得及开门，派出所的民警牵着马来了。

梅四久问，谁来证明马是我的？

民警说，梅四久，你再不能往上上访了，你不知道，你在市里上访一次，乡里要被县里扣分的，要不然，年底，乡里评不上先进，影响乡领导的提拔。

梅四久根本没有想到事情会这样。

那谁来证明马是我的？

我来证明马是你的。民警说。

羊子善

羊家庄会木雕的只有羊子善。他雕人物雕花鸟，雕啥像啥，活灵活现。

羊子善对一些杂树生出好感，好到近乎痴迷的程度。往往，他在树前一站，一盯老半天，舍不得放手。有人问他，咋对一棵树看得那么痴？羊子善用手拍两三下树，笑着走开。

庄里很多人找羊子善雕些小件，他满口答应。往往，来者一块木板或一截木头朝他面前一放，他就说，放下放下。再不说多话。

过几日，那木板上或木头上就有好看的花鸟，或人物，栩栩如生。

羊子善平时喝点儿谷酒。因此，家里也备有酒坛。每次，他都从坛里用竹提提出半提来，倒在杯子里很有韵味地喝。女人姜丝就劝他，少喝点儿，酒伤身体。羊子善也不搭理，仍一小口酒一小口酒地往嘴里送。

羊子善不光在家里喝酒，在外面也喝，一喝就上脸，脸上喝得红润、发光。庄外有女人见了，就说，羊师傅，你的脸，那么好看，回去了对着镜子雕下来，肯定卖个好价钱。

羊子善也不生气，回一句，你才卖个好价钱。然后，抿嘴一笑。

羊子善高一脚低一脚回到屋里，对着镜子一看，果然，脸真红。他就着一盆凉水，把那脸上的红洗了个透彻。

羊子善有好几把刻刀。宽口的、窄口的、弧口的，都有。并且每把刻刀的刀口雪亮。平常，他把刻刀集中放在一个牛皮套里。每隔一段时间，他会一把把排出那些刻刀，在那些刻刀上擦上油，防止生锈。

羊子善把刻刀看得很重。一回，羊子善不在家，姜丝就翻开他的牛皮套，拿了他的一把刻刀切了鞋底。鞋底切到一半，羊子善回来，迅速抢过那把刻刀，还对姜丝说，你给我滚！老子的刻刀，是你用来切鞋的？

姜丝泪眼看羊子善，就问，你一把刻刀看得比我还重要？我可是为你做的鞋呃。

羊子善反问一句，你说呢？

姜丝没有说啥，眼里含着泪就开始在家里清理衣服。姜丝背好包出门，羊子善不看她也不拦她。

那一日，羊子善脸上没有笑容。

那一月，羊子善脸上还是没有笑容。

庄里有人劝羊子善，姜丝都走了一个多月了，要么去找她，要么忘了她。

羊子善没有多说什么，在酒坛里提了两竹提酒，倒了一碗，然后就喝，然后倒头便睡。

待羊子善长长短短的叹息过后，就是长长短短的鼾声。醒来，就换了一个人，见什么人喊什么人，喊得极亲热。庄里人再在他面前提起姜丝，他说，还提她干啥。再无二话。

庄里很多人认为，在一些家具上雕刻图案，比较烦琐。渐渐地，来找羊子善刻小件的人就少了。

羊子善依然看中他的刻刀，每隔一段时间，他就从牛皮套里一把把拿出来，擦上油。

羊子善家里的木刻多了起来。他把那些生出好感的杂树锯了回来，然后就在木头上刻。

冬天，天气有些冷。羊子善就把过去刻好的木雕当柴烧。他明白，他在那个冬天，烧掉了很多木雕。

若是柴堆里烧着了刻着鸟兽虫鱼的木雕，羊子善还能听见那些鸟兽虫鱼在火里挣扎，噼哩啪啦地叫。羊子善也不惋惜。

羊子善就坐在火堆旁,做着新的木雕。

羊子善要在春天里完成一件叫"嫦娥奔月"的作品。在他眼里,那是一件很大的木雕。"嫦娥奔月"还没有雕好,就来了一个人。

那个人轻轻叩开了羊子善的门。那个人掏出名片给羊子善看,说是专程来请羊子善师傅的,还一个月给3000块钱工钱。

羊子善摇摇头,说,我不是羊子善,羊子善跟女人散伙后就走了。这里没有你要找的那个羊子善。

浙江人信以为真,摇着头就走了。

羊子善倚在门边,觉得好笑,自己的这点儿木雕手艺,还让一个浙江人值得大老远跑来?

羊子善又开始雕他的"嫦娥奔月"。低矮的屋子里,他有和嫦娥奔月的感觉。

没过两天,那个浙江人又轻轻叩开了羊子善的门,开口说,羊师傅,我们公司派我专程来接你的,你要不走,公司会再派人来,直到把你接走。

羊子善没有让那个人看见"嫦娥奔月",就在门口说,我跟你说过了,这庄里没有羊子善,他跟女人散伙后,早就不住庄里了。

浙江人半信半疑地走了。

一条高速公路经过庄里,羊子善低矮的房子在拆迁范围。

来庄里丈量房屋的是国土所的工作人员老张。老张喜欢木雕。

在羊子善家里,惊讶着的老张拉着羊子善小声说,羊老板,我想买下你的那件"嫦娥奔月"。

羊子善摇头说,那是我的心血,不卖。

老张又说,羊老板,卖了可以再刻。

羊子善说,以后房子拆了,住在安置房里,就没有这个认真劲,也刻不好了。

老张把嘴凑到羊子善的耳边说,羊老板,我可以把你的房屋面积量大点儿,只要你肯卖了"嫦娥奔月"。

羊子善想想低矮的屋,看看"嫦娥奔月",点了点头。

老张给羊子善的承诺兑现。羊子善的屋,对比庄里其他屋,拿到了最高的补偿。

明亮的安置房里,没有了"嫦娥奔月",羊子善觉得室内空荡荡的。

羊子善找出那个牛皮套,用笨拙的手一把把拿出刻刀,他才发现,那些刻刀上有了浅浅的锈迹。

青毛

牛是好牛,膘好劲儿大。王庄人说,干起活儿来,其他的牛没法比,一天犁田 5 亩,不在话下。王庄人试它体力,套上牛轭,3 个劳力轮流使唤,不用扬鞭,硬是把一块 5 亩的水田给犁过来了。完了,卸了牛轭,牛仍健步如飞,把 3 个犁田的劳力吓傻了。

王庄人给牛起了一个名字:青毛。

青毛又是犟牛。打起架来,几乎拼了命,非得抵倒对方。有一回,青毛跟庄里的另一头牯牛干上了架,那头牯牛屁股后是一棵碗口粗的树,青毛一使劲,撞过去,那头牯牛抵倒了树,然后,青毛再奔过去,抵住牯牛的头,一只角扎进牯牛的眼里。那头牛起不来,后来就废了。王庄人又气又恨,恨不得杀了青毛,虽说是一头牛抵得上两头,毕竟斗废了的那牛也不差。

因此,看管青毛的人,得非常用心,生怕它跟其他的公牛在一起,惹是生非。往往,青毛走过的路上,远远的就有人打招呼,你让青毛慢点儿过来,莫让牛打起架来。

青毛被圈在另外的栏里。庄里修了一排牛栏,那些系在牛栏里的牛能和睦相处。青毛的栏单独修开,生怕青毛跟庄里的牛打架。

平时,王庄有人议论,说见过很多的牛,没有见过像青毛这样的牛。也有人说,青毛将来的命短。

青毛跑起来,像一阵风,好多人撵不上。

王庄能够降住青毛的只有回仓。回仓能把发犟的青毛给找回来。王庄的大牛全是用牛拴头拴着的,牛拴头拴在牛鼻上。牛拴头一头大一头小,在小的一头系上牛绳,牛就能牵能系。青毛也不例外。

一回,青毛鼻里的牛拴头腐烂掉了,它就脱了绳,出栏后糟蹋了半田庄稼。王庄人见了很心疼。谁走近它身边,它就跑,拿它没办法。回仓心不急,他慢慢走过去,然后一指迅速插进青毛的鼻孔,上了新的牛拴头,套上牛绳。青毛就服了。

回仓就因为能降住青毛,却打了一辈子光棍儿。王庄很多人给回仓说过亲。有几个姑娘跟他刚好上,就听说他连青毛那样的牛都能撵上,往后,跟他过日子,还有啥奔头。自然,回仓的婚事就黄了。自然,回仓的婚事黄了一桩又一桩。

青毛在王庄生活了五年。

青毛就失踪了。青毛的失踪引起了很大的躁动。王庄人说,那么一头牛,怎么就会跑呢?队长哨子一吹,集合很多人,再发动人去找。回来的人说,问了很多人,都说没看见。庄里就回仓不找牛。队长问回仓理由,回仓说,老子连女人都没娶上,就毁在青毛身上,管它回来不回来。队长一听,摇头走开。

青毛是找不回来了。王庄人放弃了找青毛。反正,牛是庄里的,又不是自己的。找不回来就找不回来。

王庄的牛登记在册,或死或杀,均要向公社党委报告。恰好,庄里有个蹲点的干部,干部姓祁。祁干部写了一个关于青毛丢失的材料,很多人在材料上按了手印。那材料管用,一递上去,祁干部回来说,王庄丢了一头牛,找了十天半月,没找到,也不追究庄里队长的责任了。王庄人高兴。最高兴的是队长。

青毛其实没有失踪。

青毛出现在我的村庄。那时,我的村庄正好有一头母牛,也生得健壮,处在发情期。那头母牛站在月光下,抬头望月。青毛那晚脱绳后踏碎一地的月光,一路狂奔。猛然间,青毛的出现让母牛始料不及,母牛也在月光下狂奔,踢踏之声四起。

青毛失足掉下深沟。青毛没有活着出现。

发现青毛的是我那个队里的队长。青毛四角朝天,样子非常悲壮。队长的脸上露出了幸福的笑容。

青毛命短,果真印证了王庄人的判断。

青毛的死因,我那庄上的人,有说翻了牛百叶的,有说摔断了肠子的。有说划破了牛卵子的。所有的死因,再没有人去探究。毕竟,青毛躺下了。

活剥青毛就在那条深沟。曹鱼是队里杀猪的汉子,拿了杀猪用的工具,一刀一刀地挑开了牛皮。队长站在被曹鱼剥得血肉模糊的青毛前,说,曹鱼,求你把那牛角给我剥干净,我那娃当着宝要。曹鱼就把牛角收拾得干干净净。

等那些肉全部脱离骨头后,队长就安排两个劳力,把肉挑回了队长屋后的梨树下。

队长对所有的人说,吃牛肉的事儿,谁要说出去,谁家就别想吃牛肉!

很多人望着肉案上的肉,都不作声了。

队里人都吃到了青毛的肉。

队长在一只牛角上缠了红绸。他家的娃喜欢牛角,常常吹出不大不小的声响来。队长叮嘱娃,牛角只能在家里吹,不能拿出去。

队长家的娃不听,拿着牛角去了王庄。回仓见了,认得是青毛的角,拉着娃就奔队长家来。

队长觉得会出事,就对回仓说,回仓,你有啥要求,尽管提,尽管提。

回仓说,队长,回仓不求别的,就求摸一把你的女人。

队长女人听见他们的对话,从屋里出来,说,回仓,进屋来摸吧。

回仓一路走回来,脸上是高兴的样子。他不时地看看那只摸过队长女人的手。

四十年后,队长说,全队人都吃了青毛的肉,我最亏呃。

队里人始终弄不明白,队长分了牛肉不算,还多拿了两只牛角,咋就亏了?

舞台

李秀措拥有 800 只羊。

她给每一只羊起了一个名字。每一只羊的名字,她没有写在纸上,而是记在心上。

只要那些羊在草原上雪白地走动,李秀措就开始歌唱。

李秀措白天唱,中午唱,晚上也唱。她没有放弃每一次歌唱的机会。羊群走到哪里,她的歌声就走到哪里。

李秀措的歌声非常嘹亮。往往,她只要一发声,那些羊就抬起头来,嘴里还咩咩地叫。她只要一发声,天上的流云,就放慢了脚步。她只要一发声,那些在草原生长着的小草就随着她的歌唱疯狂地拔节。

很多时候,李秀措把草原当了舞台,把那些羊当了听众或是观众。她不止一次地感觉到了眼前有着 800 个观众的宏大场面。任何一个小小的震动,都不会影响到歌唱的效果。哪怕有一阵强风刮过,哪怕有豆大的冰雹砸落。每首歌唱完,她都有一种幸福的感觉,脸上绽放着花朵一样轻松的笑。

李秀措觉得自己站着的舞台是多么的大,多么的结实。无论她站在舞台的哪一处，哪一个点上，她都能稳住自己，就像一朵花开在枝上，找到自己的重心在哪儿，真实感觉到了舞台的结实完美。

有时候，李秀措想，要不要那些摇来晃去的灯光无所谓，要不要伴奏无所谓。甚至，那些手里举着字牌嘴里疯狂喊着加油的亲友团，或者众多粉丝，在她眼里，也仍然显得无所谓。

李秀措还有一种感觉就是，她的那些羊，如果听不到她的歌声，就没有精神，仿佛长得也慢。草原上风沙大的几天，她的咽喉有点儿难受，就没唱歌，她觉得那些天，她的羊群老是不听话，走得慢，磨磨蹭蹭，很难赶进羊圈。

她还发现，一只叫"小雪"的羊，出栏时走得忒慢，原来是它的脚趾甲间扎进了一粒坚硬的沙子。她把"小雪"轻轻放倒在草地上，一些羊围在她的身边，她的嘴里轻轻地哼唱着轻松的歌，很细心地替"小雪"除掉沙子。"小雪"就在那轻松的歌声里不滚不动。沙子除掉，"小雪"翻一下身，起来就走动自如了，很快就跟那些羊走在一起。

夏天，李秀措把自己的羊群放到有着鲜嫩水草的草原。那些羊像一支庞大迁徙的队伍，在她的歌声里，朝着那些水草，有序地走动。

夏天，李秀措要离开自己的羊群，到城市去。也就是离开自己的大舞台到电视台的舞台去。

李秀措没有放弃这样的机会。她把所有的羊交给了姐姐。她对着姐姐说，那些羊不停话，只听歌，给它们唱歌吧。姐姐笑着答应了她。

草原的草在密集地生长。李秀措再把羊圈打开，那些羊一只也不愿走出来。无奈之中，她牵着"小雪"的绵软的耳朵，又唱起来歌，用歌声表达着自己还要回来的心愿，缓步从羊圈出来，那些羊才开始雪白地走动。姐姐看在眼里，一行泪，缓慢地落下。

李秀措当着自己的羊群，当着姐姐，流着泪告别。那个夏天，草原上的第一场雨非常的短暂。

那些羊咩咩叫着，一一抬起头来看她走远。

夏天，李秀措成为了一个赛区的优秀的选手。站在绚丽的舞台上，她有些恍惚，甚至有些迷茫。她的恍惚和迷茫不是热心的观众和评委是看不出来的。她把那种找不到重心的感觉掩藏起来。

李秀措浸泡在一个纠结里，很难抉择，很难挣扎。一边是没有灯光音响没有鲜花掌声的舞台，一边是有着猩红地毯有着溢美之词的舞台。

最终，大赛的评委，给了李秀措一个提醒：你的舞台在草原！

那一刻，那双浸着泪水的眼睛在迷离的灯光里看到了草原，看到了雪白的羊群。

当很多的电视观众替她惋惜的时候，当很多的粉丝拼命要她签名留作纪念的时候，当很多的网民发帖寻找她的时候，李秀措唱着歌回来了，回到了草原，回到了宽广。

李秀措接回姐姐看过的羊，又在那无垠的草原上开始歌唱，她的歌声在草原上飘荡。以后，有人开始在草原上寻找李秀措。直到有人找到她，要她去唱歌，要她去比赛，要她去城里的舞台。

李秀措咯咯直笑，然后说，你要找的李秀措早就不在草原了，这里没有李秀措。

那一刻，她的眼里，噙着泪水。

二胡

陈鱼是在学校喜欢上拉二胡的。他觉得，自己在拉二胡的过程中，就能找到自己。

陈鱼喜欢二胡花梨木的琴筒，也喜欢二胡乌木的琴杆，总之，所有二胡上的一切，他都喜欢。

陈鱼还喜欢当着一个人的面拉二胡，拉长长短短的曲子。那个人就是村里的止璇。在村里，止璇眉清目秀。

在学校，陈鱼的二胡拉出了水平，那水平在学校的任何一个学生之上。这话是陈鱼的辅导老师说的。听到这样的话，陈鱼就自然地笑一下，那笑持续的时间很短。

陈鱼参加过很多的演出。每次演出，都是他的绝活，二胡独奏。一把简单的二胡，在他的手上就能发出美妙的乐音来。一把简单的二胡，能博得很多人的掌声。

二胡是学校的。只要演出一结束，或者是练习一结束，陈鱼手上的二胡要放到辅导老师的办公室，当他每次把二胡交到辅导老师手上时，都有些爱不释手，甚至恋恋不舍。

陈鱼就想，总有一天，他要得到那把二胡。

放暑假前，陈鱼对辅导老师说，我要把二胡带回家，然后在家里练习。

辅导老师说，带回去可以，千万别弄丢了。

陈鱼屋前的一副石磨很久不转了。陈鱼就坐在石磨上疯狂地练习，他把自己喜欢的曲子拉得行云流水，拉得风狂雨急。

陈鱼并不满足，还把止璇拉到石磨边，听自己一遍又一遍地拉，看自己拉得如痴如醉。

直到止璇的眼里满是自己的身影，满是自己的琴声。

完了，陈鱼想，自己把二胡带回家，就没有打算还给辅导老师。他还打算，在自己毕业前，不在家里拿出二胡。

开学前，陈鱼把二胡用红绸布仔细地包了，放进了属于他的木箱子。他还把那个木箱放在了床底。只要自己不说出去，没有人知道，他会把二胡藏在箱子里。

陈鱼当着辅导老师的面编了一个理由,说,自己家里失盗了,偷东西的人拿走了家里的一些日用品,还拿走了他带回的二胡。

陈鱼说完,就低头不说话了。

辅导老师除了两声简短的叹息之外,没有再说什么,更没有追问二胡。就在辅导老师转身后,陈鱼吃吃地笑。

陈鱼落榜之后,他才想到了二胡。他轻轻拿开红绸布,让二胡露出真容。然后,他调了调弦,坐在石磨上一曲接一曲地拉。

陈鱼更加爱惜二胡。他觉得二胡能改变自己将来的命运。至少,在他的二胡演奏完后,有人为他鼓掌,更有女孩子追他。

在进"八人转"歌舞团前,陈鱼对止璇说,想进歌舞团,闯闯外面的世界。

止璇说,依你。

陈鱼凭借二胡的演奏技艺,在"八人转"歌舞团站稳了脚跟。他不把喜欢自己的女孩子的目光当回事。陈鱼的眼里是眉清目秀的止璇,那些喜欢他的女孩子的目光,在他的轻松一笑里,很快灰飞烟灭。

有一次,陈鱼喝醉了酒,他第一次跟团长叫板,说要回去见止璇,不答应,就不在团里干了。

软弱的团长想不出很好的法子,便派团里人把陈鱼送回村。

陈鱼是抱着二胡回来的。空旷的夜里,洁白的月光铺了一地。他把二胡放在石磨上,就开始了呕吐,吐过一阵后,他对止璇说,这把二胡,不是自己的,是在学校里偷来的。

止璇看看头顶上的月亮,又看看二胡,始终不信。

陈鱼不再吐,继续说,在学校时,自己把那个辅导老师给哄了,憋在心里不说不舒服。

止璇吼,陈鱼,你疯了?怎么能拿学校的二胡?!

陈鱼再没有说啥,头靠在石磨上。

止璇离开时,月光像薄得透明的雾落在二胡上。

屋前的石磨沉默。陈鱼决定当着止璇的面,毁了二胡。他拿着二胡,站在了止璇面前。

止璇看着陈鱼。

陈鱼把二胡往地上一摔。二胡落地，一声咔嚓。然后，他就走了。

直到陈鱼的背影消失在止璇潮湿的眼里，止璇低下身去，轻轻拾起了二胡。

陈鱼跟团长说，自己愿意留下来。

陈鱼随歌舞团四处演出。每次演出时，他还拉二胡，只是他拉的再不是以前的那把二胡。他很想回到过去。每到有卖二胡的店，他都要走进去看看，看看有没有自己喜欢的二胡。每次，都是失望地回来。一想到那把不在的二胡，陈鱼就摇摇头。

止璇风风火火地去了一趟城里，背后挂了一个包。她在城里找到了一个很好的琴匠。

琴匠很快修好了二胡。止璇想到了一个人，想到了陈鱼。

止璇就在村里等着陈鱼回来。

一年后，陈鱼回来。

陈鱼身边是一个能说会笑的姑娘，个子高挑。

黄昏，石磨不转了。陈鱼跟姑娘坐在门前的石磨上，有说有笑。

止璇手里拿着二胡，远远地看。

陈鱼跟姑娘从石磨上下来，天就黑了。

夜里，止璇把二胡放在石磨上。

天一亮，陈鱼发现二胡，嘴里喊：止璇，止璇。

二胡留在了石磨上。那姑娘手挽着陈鱼的手离开村庄时，没有带走它。

Gan Xie Wang Cai Nan

感谢王菜南

感谢王菜南

要知道，肖伍铺是澧州到鼎州这段 90 里驿道上有过的繁华的铺子，是很多敬业的铺司和后来的投递员歇脚的铺子，更是那些从澧州盐矿挑盐到鼎州的挑夫落脚的地方。多少年来，稍微对铺子有过感情的人，就不会忘记它。

我也不例外。

我应该好好感谢一次王菜南了。要没有他，就没有现在的铺子，更没有铺里老人的快乐。

王菜南不是别人，是肖伍铺的广播员。铺里没有换过广播员，自从王菜南成为铺里的第一个广播员后。每天的早上确、中午、晚上，他都会让近乎繁华的铺子变得很有生气。

铺子渐渐冷落。铺里很多人爱着别人的城市，就沿不同的方向去了不同的城市。王菜南没有走，我想走。娘几次看着我也有想出去的举动后，对我说，娃，娘不求你别的，只求一年能回来两次，看看我，也看看王菜南。

我应允。

我决定离开铺子到常德去。常德离我太近了。常德一直是离肖伍铺最近的城市。走之前，我看了一次王菜南。

娘让我带了一篮子红枣过去，说，王菜南就在铺里广播室，让他尝尝。

我一点儿也没有判断错，王菜南就在广播室，顶多在铺子里转悠，绝对跑不到哪里去。

那是我见到的一间最小的广播室,放了一张很旧的床,床上的被子叠得还成样子。一台立式扩音机有些旧的站着,那些没有完全拉直的线有点儿像连起来的蚯蚓,在没有刷白的墙上一句话也不说地行走。一个叫作麦克风的东西,包了一段褪色的红绸,很有点儿精神和情调。王菜南手摸开关准备打开扩音机时,我喊了他一声,他一惊。没想到我会来,会提着一篮熟透的枣子来。他在最小的广播室里一惊。

要到常德去,顺便给你送一篮子红枣。我说。

王菜南看见我比看见我送他的红枣还高兴。说,好哇好哇。

我跟王菜南没有多说话。我把那篮红枣放在他的床上,就走了。王菜南送我,送我到门口,就不送了,就看着我走远。

我从王菜南的广播室出来不久,就听见铺里的广播很精神地响了。王菜南放的是一张唱片,唱片里有一首我半年前喜欢的歌,那就是《我不想说》。

从常德回来一次,我就看一回王菜南。我还把从常德其实是从广东带来的不怎么新鲜的香蕉,摘下三个两个来给他。每次他都高兴地接了。他高兴我也高兴。看完王菜南,我就看我娘。

我娘说,有你这份心,王菜南也值了。

我在铺里休息的那天,看见王菜南一个人搬着一张木制的梯子,梯子很长、很长地横在他的肩上,手里提了七八圈铁丝,就往外急急地走。我拦住他。他说,张家冲的广播线锈断了一截,那里的老人听不到铺里的广播。等我安好了线,回头就喝两盅。

王菜南说完就走了。我看见他手里拿着的铁丝,一圈一圈地晃荡着,闪出刺眼的光。

我知道,铺里的年轻人走得差不多了,要么在外面读书,要么在外面打工,要么在外面当老板。铺里安静多了,王菜南有我记得他,他应该高兴。铺里有王菜南记得我,我也很高兴。

我在常德有过一次意外,是自己的身份证让小偷拿走了,随之拿走的还有 20 元现金。我在那个低矮的出租屋里，等了三天，希望小偷把身份证给我，我再给他 20 元都行。可是小偷再没有送来。

我只得回了一次铺里。

这一次，我没有买回那从广东运过来的香蕉，也没有见王菜南，直接见了娘。我跟娘说，我的身份证丢了，回来拿户口簿，等着要用，还要往城里赶。

娘掩饰着什么，我也没有多问。娘看我急急的样子，也没有多说。我还告诉他这次不去见王菜南了。

娘点点头，我看见娘的眼里有了泪。

等到年底，我消停了，从常德回来。去了铺里，我没有见到王菜南。

广播室的门紧紧地锁着。王菜南早早地回家过年了？我在广播室前站了一会儿，就冒出这么个想法。

我带着疑问回了家。

娘告诉我，娃，王菜南在你上次回来之前，就走了的。他走的时候，还对村主任说，我走了，就得再安排一个广播员，铺里不能没有广播。

娘还说，铺里的年轻人走完了，剩一些老人，不是王菜南放着广播逗着铺里的老人乐，铺子就不像铺子了。

娘再说，村主任那天在村里找不到热闹场面的人，就把城里的歌舞团接来，为他送行。歌舞演到一半，铺子里好多人反对，越这样，越对不起走了的王菜南。他王菜南走的时候交代了的，只放着广播为他送行就行。村主任满数给歌舞团的演出费，歌舞团的歌舞就停了。村主任就在广播室里放了王菜南喜欢放的唱片。

我一惊，王菜南在铺子里就了不得了。没有王菜南，就没有铺里老人的欢乐。

我一直听着娘的叙述。内心里，却有一个想法蜗牛一样推着我，肖伍铺很多的人是不是应该感谢王菜南？

一棵没有少

开春后，润禾就到了乡里。

走之前，村里人说，看来屋里还是要有人，看看润禾的哥在县里，这下脚不沾泥出息了。

润禾没把这话当话，摇摇头就走了。

乡里干部忙。开会的开会去了，下村的下村去了，见不到几个影。润禾没有见到要他来的乡长，也不好意思找书记。

润禾就在乡政府门口坐，眼看着到中午了，润禾就在袋里拿出一个胖胖的红薯来啃，细细地啃过几口后，望望乡长来了没有。

慢慢地，润禾手里捏的红薯越来越小，乡长还没有来。

润禾上午到乡里，下午才找到乡长。乡长显然吃过饭喝过酒的样儿，脸色仍是红润，见坐在门口的润禾，忙问，润禾，吃中饭了没？

润禾说，吃了吃了。

乡长说，上次你往外运谷子，我们没搞明白，不知道你还有个哥在县里，让派出所的捆了你，多有得罪。

润禾说，去过了的事，算了算了，我不计较了。

乡长说，那是那是。

润禾问，乡长，那些猪呢？

乡长说，怎么好意思让你润禾喂猪？你就负责政府院子的绿化。

润禾说，还是喂猪好。不是说好来喂猪的？

乡长阴了脸，说，喂猪不好，你怎么就老是想到喂猪，搞绿化不好吗？

润禾说，好是好，要不要签个合同？

乡长说，签。

合同就签了。润禾想，先负责一年再看。

乡长的脸色不再阴，说，随你润禾的意思。

润禾就跟乡里签了一年的合同。

润禾在乡里住下来才两天，闲着没事的样儿，不是滋味，想想这个时候，在屋里正是犁田的季节，不由得摇了几下头。

乡长见润禾心里不踏实，就劝，乡里有事让你润禾做，急啥？

润禾说，不急呃，乡长。

第三天，乡长跟润禾说，有树要来。

乡里进了一批树。树是用汽车运来的，那些树的根带了土，用草绳缠着，一道道地缠着，生怕根上的土掉下来。那些树放在院子后，就是乡政府的了。润禾摸着那些叶才看清是玉兰。

树贵不贵，有多贵，润禾不去想。

树坑是年前就打好了的，放得下树。栽下那些树，润禾就觉得有事做了。

乡长走的时候说，润禾，这些树就交给你看了。按合同上的办，缺水的时候上水，治虫的时候治虫，一棵不能少。

怕风吹倒，润禾就找来木条，每棵树都让三根木条撑着。有了木条撑着，那些树自然站得正，站得稳。

春天在乡政府院子里过，也在那些玉兰树上过。棵棵玉兰树来的时候都挂着叶，栽下后，就该发新叶了。

那一天，润禾在院子里散步，一片玉兰叶往润禾身边飘。润禾仔细一看那树，树在落叶。润禾又看了另外的几棵，也有落叶的迹象。

那一夜，润禾睡不着。

天一亮，润禾进了乡长办公室，说，乡长，那些树出了点儿问题。

乡长说，那些树是有点儿问题，那些树是点了数来的，一棵不能少，栽着就行了，有叶没叶一个样。润禾你千万要一起上水上肥，一起治虫。

润禾迟迟出来，边走边说，我这就不懂了，没叶的树怎么跟有叶的树一个样？死过的树还要上水上肥？

天渐渐热起来，润禾在给玉兰润水。发了新叶的玉兰得了水，叶子发得油亮油亮，死了的玉兰也得了水，只是叶子还是掉，有的掉得没叶只剩枝了。

每次润完水，润禾就想，死了的玉兰怎么还要水？

有次润水的时候，乡长正好瞧见，说，在润水？

润禾举着龙头朝那棵没了叶子的树喷水。回乡长话，在润！

乡长狡黠地一笑，润得好润得好。

合同期满，润禾看管的树一棵没有少，那些掉了叶的树还站着没倒。乡长同意润禾按合同到财政所领工资。

润禾领了工资。

乡长问润禾，润禾你看见了，工资没少你一分，合同还签不签一年？

润禾说，不签了。我怕人家骂我润禾，四十出头了，还给那些不中用的玉兰喷水。

福锁

五年级的学生福锁让车伤着了。

天刚亮后,福锁就沿着那条村道去的学校,那条村道两旁的田里开着油菜花,一朵一朵地晃着福锁的眼。

福锁眼里的油菜花是那样的黄,黄得有点儿疯狂。

远远的学校升起的红旗在缓缓地飘。

福锁回过神来的时候,前面正好来了一辆车。车已经很破的样子,像一只破了壳的虫,那破车的车速不是很快,司机把车刹住后,就见福锁像一根草倒在了地上。

司机没有跑。

司机一下也吓傻了,从车里钻出来不停地骂,这该死的破车,你走路就走路,咋就要伤人? 骂完后就垂头丧气。

福锁的爹听说福锁让车伤着了,急急地从屋里跑来,用眼着力瞪了一下司机后,就一把抱住福锁,嘴里不停地喊:福锁我的儿呃,福锁我的儿呃。

村道上很快围绕来很多人,那些人像鸟群一下子就飞到了村道上。

福锁的叔是鸟中的一只。

福锁的叔就对福锁的爹吼,啥时候了,还不抱福锁上医院?

福锁爹背着福锁急急地朝医院跑,边跑边对后面的叔说,我身上没带多少钱呃。

福锁的叔没朝医院跑,福锁的叔抓着司机没让他走。福锁的叔想,在村道上出了事,你司机走得了吗?

司机说,你抓着我没用,反正那娃的医药费我出,还不行?

福锁的叔还不放心,说,你先给你家打个电话,让你家里人送点儿钱来,我那老大眼下两个孩子难着呃,刚走的时候还说没带多少钱。

司机就给家里打了一个电话。

福锁住院的钱是司机交的。

福锁醒来的时候发现自己到了医院。

福锁坐在医院的病床上想,我怎么会在这儿? 福锁的叔说,福锁,那一天,你好险呃。

福锁两眼看看叔,没再问什么。

这起交通事故很快得到了处理,处理的结果让人意想不到。

处理的前一天,福锁的叔坐在了福锁的床边,福锁的叔对福锁好得这么快,感到欢喜。

福锁对叔也有了好感。福锁问,叔,几时才出院?

福锁的叔说,明天。

福锁说,好好好,明天。

福锁的叔说,福锁,你爹带你不容易,你爹怕你留下后遗症,后遗症你懂吗?

福锁的叔接着说,福锁,明天有人来问你,你就胡乱说话,到时,你就可以得到很多一笔钱,懂吗?

福锁说,懂!

真懂了?福锁的叔还不放心,又问。

懂了,叔你不嫌烦?

第二天,来问福锁的人是个医生,医生说,福锁乖,福锁好了?

福锁说,好了,医生和我叔我爹把我照顾得好好的。

医生说,福锁,读几年级?

福锁说,读五年级,这学期老师还要我们写作文呃。

医生说,你感谢不感谢司机为你出了医药费?让你的伤得到了医治?

当然感谢!其实是我自己不好,那天早上看那些油菜花着了迷,吓着司机了,给司机也添麻烦了。福锁说。

你坐着呃福锁,乖!真乖!医生说。

医生说完就出去了。

再进来的是福锁的叔。叔说,叔昨天跟你说的话,你就忘了?

叔,不是我忘了,我是真正好了,我没后遗症。长大了,我还要做人,那话我说不出口呃,叔。

叔一听,摇了摇头,该你爹穷,放着的钱,用你这只手都不敢拿。

福锁说，我爹再穷，我也不会出手的，叫我爹来让我出院呃叔。

叔走出了病房。福锁想，叔就咋这样呃，好在车伤出在我身上，要是出在叔身上，那司机不就惨了……

倾听

陈村在整个乡里没有特别的地方，就那一山好树，一根根枝繁叶茂向天走，值得一看。林管站的卜站长不管是喝了小酒，还是没喝小酒，都这么说。

起初，卜站长说这话时，陈村人没引起注意。后来，陈村人或站在自家的屋前或密密麻麻地挤到山下一看，满眼郁郁苍苍，一山的树，经风一吹，林涛起伏。就觉得他的话没错。

陈村人就活在那一山树里。卜站长也活在那一山树里。

那一山树像绿色的波涛无时无刻就要吞没陈村，吞没每一个进入它内心的人。

林乡长第一次进山。

林乡长跟卜站长顶着 2004 年夏天火毒的太阳到了陈村，汗粒在他们的身上不停地生长。他们聊着聊着就钻进了厚实的林子。

林子里的风凉凉的，凉凉地吹过来。

让那凉凉的风一吹，林乡长身上的汗粒没了。他半开玩笑地说，卜站长，栽这山树还是你想的点子。到时候，乡里要伐树，你舍得？

那一刻，卜站长的脸上展开了笑容，说，怎么会不舍得？舍得！

林子里有块大青石，走不多远，就能看见。大青石平整光洁。卜站长坐了很多次，每次进山，走累了，他就在上面坐会儿，歇口气，听听风吹树的声音。树还没成林时，他坐在上面，还能看见天上的云。

那块大青石，同时并排坐下了两个人，林乡长坐，卜站长也坐。

他们的谈话就从这块青石上毫无顾忌地传开。

林乡长拉着卜站长的手，不时地感叹：卜站长呀，我听到了风吹树林的声音了，多好听的声音。

卜站长只是笑笑。

林乡长接着感叹：卜站长，要没你，就没陈村的这一山好树。

卜站长只是笑笑。然后，他抬头看那些树顶，风一阵阵地吹得那些树响。

林乡长出来时，头上的太阳猛烈地打在陈村，打在夏天的那一片林子。

林乡长边走边说，陈村的林子就交给你了。

卜站长望着林乡长，他的脸再一次绽开了2004年夏天灿烂的笑。

卜站长脸上的笑还没有持续到秋天，就让乡里的决定结束了。

全乡的干部会议上，林乡长说，为了还债，不得不动用陈村的树了，乡里也是不得已而为之。

林乡长说完，干部们就开始了讨论。有的说是得砍了；有的说，还债嘛，是得想点儿办法……

卜站长坐在椅子上一句话也没说。

最后，多数干部的意见是砍。林乡长说，砍吧！

会就散了。会议室剩下林乡长跟卜站长。卜站长一把死死地攥着林乡长的手，就往外拉。

林乡长说，卜站长，你松手，有话就说，我跟你走，还不行？

卜站长说，到陈村去，到青石上说去。

天气已经凉爽了，林子极静。

整个林子都沾上了秋天的气息，那块大青石也不例外。青石上仍旧坐着两个人。林乡长跟卜站长，背对着背。乡长的手搁在胸前，再也不拉卜站长的手。

卜站长闭上眼睛，脑子里是无数把斧子在狂乱地砍着树，是很多的民工在来来回回地背树，走动的声音杂沓。

卜站长睁开眼，脸色铁青地说，林乡长，你听，满山都是砍树的声音，满山都是倒树的声音。

林乡长板着脸说，听不出来，你卜站长胡说些啥？

卜站长手指着一棵树，大声说，大碗口粗的树，过几天，就要倒了。

林乡长说，卜站长，你是不是有病？我可没见一棵树倒。

卜站长说，好，我有病。当初我就看得出来，你第一次进山就在打树的主意。

林乡长说，我当初是在打这一山树的主意，难道有错？

卜站长说，没错。动用这山树前，要不你撤了我。

卜站长不依不饶。

林乡长也不依不饶。

林乡长说，卜站长，你别逼我。

卜站长眼里滚动着泪，眨巴着眼，不再说话。

两人就那么静静地坐着，背对着背。风一阵一阵地吹来，林子静极。

他们在大青石上坐了两个时辰。

卜站长起身，说，走，乡里要砍就砍。

林乡长说，等等，要走一起走。我在里林子里倾听到了一种声音。

卜站长出神地望着林乡长。

他们走出了林子，他们一路回望着陈村的那一山树。

林乡长写了辞职报告。林乡长要走那天，卜站长送他。

林乡长紧紧地握着卜站长的手说，风吹树林的声音多好。

卜站长想到陈村留下来的那一山树，含泪点点头。

陈村的树安然地生长。陈村人根本不知道那一山的树差一点儿让

2004 年秋天的斧子砍掉。卜站长从没对陈村人讲起这件事。

在一般人看来，陈村的树得以保存下来，得力于卜站长。其实，在卜站长的心里，更得力于林乡长，他是拿了自己的职务来保的。

陈村人在山口挂了一个牌子，牌子上写着"卜取树"。

卜站长看见了，就在自己的名字前加了一个名字，"林爱山"。

陈村的山有两个人守着，一个是林乡长，一个是卜站长。

一路往回走

从牯牛坪到县城只有两趟班车，早晨一趟，中午回来；中午一趟，晚上回来。要是赶不上中午那趟，就得住在县城。

爷和孙还没有在牯牛坪那些候车的石头上坐定，班车就缓慢地走了。

孙伸出的右手，不停地摆动。车上没有一个人看见他的右手，也没有看见他。班车就往前走了。孙看到了班车的后影子。

爷的眼睛有点儿模糊，他没有看到汽车的后影子。

孙和爷坐在石头上，那些候车的人一上车，牯牛坪就安静下来。

爷在安静里发话了，孙，班车还来不来？

孙说，爷，班车已经走了，遇上便车再走，晚上就在城里住下来。

爷说，要是没有便车就不去了。

孙说，有便车的，前几天，山里要通电了，县电业局有车往山里运电杆。

说完这话，孙不敢断定，到底有没有便车。孙的额头上就有了细密的汗。

爷和孙就坐在石头上。一点儿也不显得宽敞的路上，没有出现运电杆的便车。

坐过了一会儿。爷改变了主意。爷站起身，说，孙，我们往回走。

孙不能改变爷的想法，看了看爷，就站起了身。

爷的腿有些毛病。起初是没有毛病的，走起路来生风，最近，腿有点儿痛，像有一口气在小腿肚子里出不来。要不，他不会要孙背他的。

孙背起爷就走。孙还不时地回头看了看越来越小的牯牛坪。县城就在爷的背后越来越远。

一路往回走。孙和爷的家就在云端里。

孙没有说话，孙背着爷。他有点儿惋惜，本来打算让爷到县城好好看看的，却没有赶上那趟车，让爷失望。或许，爷的腿病越来越厉害，这一辈子走不出来，永远看不到县城的模样了。

孙这样想着，迈的步子就有点儿乱，也有点儿急。爷看出来了，就在背上动了一下。

孙就动动身子，让爷回到原来背的姿势上。

山路越来越陡，也越来越窄。孙背着爷，也越来越吃力。

爷提出来要自己走。快到那块大石头边。爷在孙的背后说，那块大石头到了没有？孙看到了那块大青石。孙放下爷要休息。孙就坐在离爷不远的一块石头上透气。孙的身上已经出了汗。

爷的身上没有汗，他用手摸着那块大石头。然后坐上去，他的身边空了一个位置。他侧着脸望着那个位置。下午的阳光在树叶里筛成金属般的样子。爷的一只手伸进怀里，摸到了那枚精致的玉佩。就那么一下，爷的手就依恋地从怀里出来了。

坐过了一段时间，爷说，这一段我熟，不用背了。

孙没依。

孙弓下身子，让爷靠近自己的背。

孙看得见自己的家了。爷看不见。

孙看见爷亲手做成的木屋像一只黑蝴蝶歇在山上歇在云端。孙喜欢看。孙每看一次，就加深感情，加深爱恋。

爷在背后说，孙，快到家了，不用那么急了。

孙说，是快到家了，看得到木屋了。

爷说，孙，不背了，坐下来说话。

孙把爷小心地放了下来。孙和爷就在大树下坐定。

爷说，孙，爷一辈子最大的心愿有两个，一是自己到县城看看，还有一个最大的心愿，就是带上你奶奶也到城里转转。爷是在那块大石头上答应她去县城的，可你奶奶没有等到你回来。

孙说，爷，咱不后悔，明天我早点儿背您下山。

爷摆摆手，说，孙，爷不后悔，爷也知道，看到看不到就那么回事。爷已经看到县城了。

爷越这么说，孙心里越不好受。孙的眼睛开始湿润。

爷把手伸进怀里，掏出那枚玉佩。精致的玉佩晃了孙的眼睛。爷说，爷真的没有后悔，其实，你奶奶也跟着我看到了县城。

孙再也无法控制自己的身体，他站起身，一把抱起瘦弱的爷。含泪的眼，看到了爷脸上浅浅的笑。

很久，孙朝牯牛坪望，进入牯牛坪的班车像一只白蚁，缓慢地进入牯牛坪的黄昏，进入牯牛坪的心脏。

白老师与田

　　白老师高中毕业就回了村里。村里的干部很高兴，说白老师回来就好了。在一起讨论时，说村里再穷，也要把白老师留住，留住白老师，就是留住了白家庄的将来。

　　白老师就留在村里。

　　白老师年轻时，没有转正。村里分田，按在村的人口分，他自然就分到了田，白老师的田一上一下两块，有三亩的样子。分田前，队长问白老师，要不要？白老师说，要，哪一天不教书了，就会闲着。

　　白老师就要了田。白老师在那长着紫云英的田边站了很久，紫云英红红的花朵才送他回家。

　　在学校教完书，白老师就往家里跑，赶着犁田，赶着下种。村里干部看见了，说，白老师，你把那些娃娃教好了就行。田，村里的干部来种。白老师说，教那些娃，我有底。一句话说得村里的干部不好意思再下田。

　　日子明媚，白家庄明媚。很多的燕子在白老师的头顶飞。白老师犁田时，觉得辛苦了，就清清嗓子，唱个一嗓两嗓的。高高低低的声音，飘开去，让村里女人听见了，说白老师一点儿都不怕吃亏，累得浑身没劲了，还快活。

　　看见那些绿的秧苗在露水里在阳光里长出来，白老师的高兴写在脸上。白老师明白，那两块田，就是两个面包，饥饿时能填饱自己；那两块田就是两

谁来证明你的马

块毯子,寒冷时能温暖自己。

白老师教书时,心思花在学生身上。他教出的班级是整个联校最好的班级,他教的学生,有两个参加了奥林匹克数学竞赛,还拿了奖。学生高兴,白老师更高兴。白老师把高兴藏在心底。

联校校长要他到联校介绍经验。白老师说,没啥经验,再说,我忙,回家还得给水稻上肥。他摇摇头就回了家。

白老师回来,总要到田边看看,看看那些秧苗渐渐地抽穗扬花,看看那些谷子渐渐地金黄。学校放了暑假。白老师就安心地在家里收稻,安心地在田里栽下晚稻。

村里有人说,白老师的田种得好。村里还有人说,村主任天天搞农业的,还没有白老师的两块稻来劲。

没两年,白老师就结婚了。白老师对自己面容好看的妻子说,我现在当老师,往后不当老师了,就种田。田地是我将来的面包,也是毯子。

白老师的妻子很听话,没退那三亩田,也没让人家种,还说,就守着你的面包和毯子。

大热天,白老师和他妻子两个人在田里忙活。

过了两年,白老师转正了。村里有人说,白老师这下好了,拿着稳当的工资,可以不要田了。

白老师说,田还得要。

白老师和妻子并排在田里插秧,一起往后退去,眼前就是一片绿。栽过十来行后,白老师就站起来看看那些绿色。白老师妻子站起来,看见村里干部在远处栽下秧苗的田边比画。白老师妻子忍不住说,老白,那时候,咋就有干部过来帮忙,现在就没有干部来帮忙了?

白老师说,现在干部上上下下搞协调搞招商搞引资,忙不过来。

村子里很多人去城里打工了。尤其过了年,很多人就大包小包地背着出门。白老师看见那些人进城的身影想,那些人,有一天,还要不要田?

村里很多人不打算要自己的田了。田一块接一块地荒了。村主任就拿白老师当例子,说人家白老师有了公家的稳当饭吃,都还种着田,分了田,要是不种,那是糟蹋!

有一回,村里易米老气横秋地要找村主任退田。村主任也不示弱,人家白老师还真心实意守田,你易米起啥子浪?三言两语就把易米堵回来了。

这事让白老师的妻子知道了,说村主任在夸你。

白老师一笑。

白老师一直种着自己的田,不管收成大不大。

村里很多人荒了田。白老师看着那些荒了的田可惜,找到村主任,说,很多田荒了呃。易米的田都没种了。村主任叹口气,说,是荒了。村主任一脸无奈。白老师回来的路上,不住地嘀咕,不能荒不能荒。

白老师退休了。

白老师还种着那两块田。妻子劝他不种了,白老师说,我要不种,村里人说我年轻时想着要种,现在不种,怎么行?种吧!

有白老师教出来的学生回来,也劝白老师。那学生说,没有白老师就没有我的大学就没有我的公司就没有我的前程。只要白老师肯走,我给最好的待遇。学生劝得情真意切。白老师边听边摇头。学生劝他不走,只得走了。学生一走,就有人对白老师说,你那学生在城里开了好大好大的公司,不让你干活儿,还给你钱,咋就不去?

白老师不说。

白云在白家庄的天空飘荡,荡向远方很多人爱着的城市。白老师在田里活儿干累了,就和妻子坐在田埂上。白老师看看白云,又看看那些新建的房子,清一清嗓子,就唱:我们的家乡,在希望的田野上。妻子也清清嗓子跟着和:炊烟在新建的住房上飘荡。

唱着唱着,白老师的眼里就唱出了泪。

我要王八

娃十岁,读四年级,年底,老师要娃交学费,娃听到了。娃回家要,娃爹不肯给。

娃再回学校,当着老师的面说,没。娃一脸的无奈。老师又对娃说,不给不动身。

娃听着。

娃没要到学费,一步也不肯迈,书包也丢了。

娃爹发火,抽娃两巴掌。娃不哭。

娃仍旧不哭。

队长家的堰塘放干了,队长一家大小在抓鱼,从天亮抓到中午,鱼抓了不少,一篓篓一担担担上来后,队长发一句话,搞野鱼的可以下塘了。

于是,岸上等了好久的人下塘了。

娃早早地站在岸边,看队长一家抓鱼,娃心里清楚,热天里游到岸边的王八还没起来。娃也下塘了。

娃用竹子织成的一把叉,学大人的样在叉王八。

娃叉了个来回,就听岸上的人喊,定定,老师搭信来了,要你去考试。

娃回了一句,一块钱的书费没交,不考了。娃又继续叉王八。

也有喊定定他爹的,定定他爹,你不能让娃不上学不学字。娃爹当没听见。

塘里叉王八的有十几个，娃爹和娃碰头的那刻，娃爹说，叉到了，喊我，别让王八跑了。

娃没点头，也没摇头。

这是寒冷的天，尽管天上还挂着个"橘子"，娃的水靴里进了水，一阵一阵浸得娃疼痛，娃没歇气。

娃坚信，叉到了王八，学费就有望头了。所有叉王八的人中，就娃叉到了。

娃丢了叉子，死死抱着王八回家了。娃爹跟着回家了。娃跟爹说开了。

娃说，卖了王八交学费。

娃爹也说，卖了王八交学费。娃又说，变卦了，咋办？

娃爹说，变卦了，爹断腿。

娃又跟爹拉钩，拉钩拉钩，一百年不变休。娃这才有了信心。

娃拉完钩，又有点儿后悔了，今天的考试没参加，老师怕不要我了，唉！娃只是轻轻地叹了一口气。

收王八的是一个老头，坝里人管他叫贩子。贩子跟娃爹出了价，掂了掂重量，说，给二百五十块钱。

二百五，同意不？娃爹问娃。

行。娃说。

娃知道，上学期的学校还差二百块，还了欠费，多的可以预交了。

行。娃爹说。

贩子提走了娃叉到的王八，口里还一句，杂种的，叉这么大一个王八。

二百五十块钱，娃爹死死地捻着。

娃要那二百五十块钱，娃爹不同意。娃爹想起了前两天许下的话，答应还队长二百块钱，便说，定定，上次为你借的学费钱，队长催着要过年。

娃说，队长要钱干什么？没儿子念书，又不起屋，还抓了那么多鱼，卖了不是钱？队长也太没良心了。

娃爹看了看娃，说，别念书了，明年跟七儿师傅到常德城里搞小工去。

娃发话，我才读四年级呃，老师讲的，往后的路还长着呢。娃开始掉泪，呜呜地哭起来，哭声中有这么几句，讲好了的，卖王八的钱交学费，就你坏就你坏，我要王八——我要王八。娃发疯般朝坝子外面跑，心想，自己还能赶上那个收王八的，要回自己的王八……

娃回来的时候，天黑定了，娃爹温了一盆水让他洗脚，还说，下午队长过来了，那二百块钱不要咱们还了，热天里，你帮他看过几晚上堰塘，这二百五十块钱，你拿去交学费。

娃那晚好高兴。

天亮时分，娃来了忧郁，自己没参加考试，老师还要自己吗？这学期的学费交了，下学期的又从哪儿生根呢？

娃还是装着高兴的样子去了学校。

选择

娃进大学堂还差一分，娃知道差那一分等于差了全分。

娃回了村里，娃在村里走得很慢，娃不怕旁人见到自己落榜的面容。

娃曾经是娘卖掉了口粮还卖掉了肉猪供自己上的学。娃每次拿着娘积攒的学费就奔学校去。娃已经在校够用功的了。

娃回家见了娘，娃明白，就是没考上，也得回去见娘，不能让娘干着急干等，娃是娘的心头肉。

娘看出了娃的心事，娘知道娃的心里痛苦，娃一端碗就放碗的样子，娘看了就不好受，还得佯装笑脸引导娃。

娘就领娃做事，让娃把伤心的事忘掉。

大热天，田地裂开口，缺水得很。娘不想让作物干死，娘还要将来的收成。娘挑水润稻，娃也跟着挑水润稻，娃毕竟是嫩皮嫩肉嫩骨头，娘劝娃歇，娃就歇，就拿毛巾擦汗。

娘开沟放水，娃就开沟放水，娃以前没干这活儿，累得腰酸腿疼，娘劝娃，娃你干些日子就没事了就好了。

那个夏天，娘辛苦过，娃也跟着辛苦，娘知道这些活儿苦了娃，不苦娃不行了，谁让娃想不开哩。

娃渐渐地高兴起来了，饭量也大起来，娃有胆量在村人面前说话了，娃说，没考上，不是羞事，说不定往后还有机会再考。娃也有勇气在村人面前站立了。

又到一年粮食打下来，肉猪出栏了，谷贩子猪贩子一趟趟往家中来，说是买谷买猪，娘又有了一笔收入。

娘知道，这钱得给娃攒着，娃大了，该结婚娶媳妇。

冬日的雪花，一瓣一瓣地飘飞，村庄安静得很。娃在火塘前一页接一页看书，娘在火塘前飞针走线，娃看了一会儿书后，对娘说，娘，有件事不知该说不该说？

娘点了点头，娘并没有停下手中的活计。

娃说话了，娃说，我要读书，粮食和猪都卖了，够读一期的了。

娘看了看娃，娘觉得娃的胆子真大。娘好一会没作声，依然飞针走线，当没听见。

娃感觉先前的话刺疼了娘的心，娘的钱应该用在娶媳妇上了，娃说过一句，再没说二句了。

娘心里清楚，娃再读书，就没有娶媳妇的钱了。娘轻轻地问了一声，是娶媳妇用还是读书用？

娃低头了,娃再没有勇气说读书了,目光再没有朝书本上使,娃心里有了一层厚厚的忧伤。

娃只是觉得自己的想法伤害了娘,娘已经给了自己念书的机会,只怪自己。

娃说话了,不读书了,那钱用来娶媳妇儿。

那以后,娃真的没读书了,娃几乎把所有的精力都用在挣钱上,娃用挣来的钱娶了媳妇儿。

娃得了崽,那时,娃的娘已不在世上了。

娃不能苦了崽,娃就是天天穿破衣,也要让崽读书;娃就是天天不见荤,也要让崽读书。

后来,崽成了村里的中专生。

娃送崽进校,临别,娃只说了一句,当初你爹就没这个机会。

崽望望爹,愣了好一阵,爹那话到底是啥意思?

困惑

天还没亮透。二柄就叫醒了榔头。

榔头应声"嗯"。两人就摸摸索索出了门。

天还是清爽爽淡淡的蓝。山路依旧弯弯地走向远方。

二柄问榔头:"两个馍,够了不?"

榔头答："够了够了。"就领着二柄走。一人一杆青竹棍子，棍子挂得特响，两个人磨磨蹭蹭地向山那边走去。

以往都是二柄走前头，榔头在后。刚进门时，榔头诚心诚意跟二柄风里来雨里去。可二柄起初不想收这门徒弟。转而又想：自己老了，孟家寨也不是自己的了，没个接艺的也不行，那时，榔头才十七八岁，是师傅有意收他，响头磕了又磕。二柄说："往后，师傅领你走。"

路还很潮湿。昨晚上刚下过雨。立夏后的头场雨，从上半夜下到下半夜，又大。潮气直漫过来，鸟声直漫过来。二柄问："孟家河到了没有？"榔头应声："还远着呢。"

二柄走路总觉吃力。拄下去的棍子始终提不上来，后又再拄下去。年轻时，一个人跑一天孟家寨回来，天还黑不透。边走边在榔头后叹气："人老了……"

榔头径直朝前走。二柄在后头听榔头的脚步，嘴里骂——狗日的榔头，就忘了本。

这骂声榔头是听见了。这是第二次二柄骂他。那时，在孟家寨。孟家寨逢集人多。二柄跟榔头各居一方。没想到榔头的生意好起来，而二柄冷冷地坐在那里，没几个人理他。回来的路上。二柄的棍子生气地拄得山响，嘴里骂："榔头狗日的，本事到手就忘了本……"

榔头那晚上流了好多好多的泪。

"榔头，歇会儿。"二柄喊。

榔头应声"嗯"，就停下来。树还是原来的那棵树，平石还是原来的那块平石。榔头坐在平石上，看看远处天上的太阳。榔头确实看不见，只觉得有模糊的影儿晃着眼睛。榔头看一会儿就要流泪，不敢久看，就顺口喊："师傅，平石在这儿，平石在这儿。"

二柄喘了一阵粗气之后。并排跟榔头坐下来。二柄知道榔头心里没了自己，恨归恨，现在榔头有了自己教他的本事，本事就是榔头的了。况且这也算不了本事，倘使有一日，孟家寨的人不找他不求他信这一套，也不知要饭到哪里。回头一想，也不怨榔头，只怨自己命贱，二柄有二柄的想法。榔头坐在一旁默不作声，手摸着袋里二柄塞给的两个馍。

二柄问："榔头，昨夜的雨大咧，尿都不敢起来撒。"

榔头应声"嗯"。瘦瘦窄窄的脸上摆出吃吃地笑来。

"秀花嫂昨夜过来没有？"榔头在问。

"没。"

"咋不过来了，不是说好了的吗？"

"人家背不起名声。"

"噢噢噢。"

于是继续聊。二柄说："他还有个姐。十岁那年让人拐走，还没回来，给她算了一命又一命，就算不到她回来的命。姐只怕不在了……榔头你替她算算。"

榔头说："自家的师傅隔不开鬼。"

"狗日的榔头。"二柄不知是骂还是说榔头，脸上堆笑，那笑很零碎，一会儿就淡了。他觉得榔头的话是对的，到底是二柄的徒弟，精明。

二柄又问榔头："最近响当有没有找你？"

"没。"

二柄说想起来了想起来了。

太阳是隔了树照过来的。立夏后的天气生热。二柄在石头上坐不住了。问榔头还坐不坐？

榔头说走。于是两人的棍子有意无意拄得山响。

他们依旧是沿那条如绳般窄的路去孟家寨的。二柄很早就知道。孟家寨是个人多的地方。打他第一次在孟家寨算好寨长一命后，孟家寨人有什么事没什么事都找他算算。算后，愿意给钱的，他收，不愿给钱的，他不在乎。这中间，二柄的脸上才有了笑意，脸上干瘦的痕迹早已褪掉，渐渐地换上红润。秀花嫂的男人死后，秀花嫂不明不白地跟二柄好过一阵子。想起来，走在榔头身后，走在山道上的二柄，心里还觉得有点儿味道。

一条水流来多少不同的日子，又流去孟家寨人多少欢欣与痛苦。就是这条水，把整个寨子的风水洗得干干净净。孟家寨人暗自后悔，悔不该生在这巴掌大的山村。

二柄说："水声大唎，水声响唎。"

榔头应声嗯："晚上的水，才泄下来。"

"得不得过去？"

"不晓得。"

往常，这河里涨水，是二柄领着榔头过河的，河上是有桥的，木桥。楚楚依依的木桥立于孟家河上。榔头第一次跟二柄出门时，回去的路上，也赶上这河涨水，水与桥平。二柄拽着榔头，一步一步好惊好险地过了河。那时榔头的心里好害怕，好担心。过了河后，榔头跪倒在地，连磕响头多谢了二柄。

榔头在前喊："拽着我衣角。"

二柄说："不行，你先过，没了你，也没我。"

二柄才知胳膊扭不过大腿。

好不容易过了桥。孟家寨就到了。

寨子依旧古老和质朴。平檐翘脊的屋宇俨然。石板路在房屋间寻找往事似的游来游去。只是闲人少了，就因为昨天晚上的大雨？

依旧找到他们各自的地方坐下来。姿势是他们的，各自将布袋吊在胸前。左手握一大把"彩签"，右手不时地摸摸。棍子当然是放在身旁的，都不说话，默默地等待。

那地方是一棵柿树，叶子密，筛下点点滴滴零零碎碎的阳光。有一点儿阳光细小地在二柄脸上停留好一会儿。二柄想，亮堂是亮堂，暖和是暖和，就是一双眼不争气……

榔头在一旁想别的。要是有人算命抽签来就好了。攒多了钱，就可以要响当。要是响当来了也好。榔头的嘴里不停地念叨："响当响当。"

二柄在一旁笑他又不笑他。

寨子里还是有很多陌生脚步杂碎的人走近。只要有人说话，二柄榔头是很容易获得一个外来的世界。

有人在说:"孟老秋的伢让水冲出好远,险些丧了命,一满肚一满肚的水……"

榔头一听这事,不由得一惊。惊后,又摆出笑来。那意思是过不久,孟老秋必替他伢算一命。

孟老秋没有来。他们只顾坐着。任太阳在天空中自由走动。寨子里的风都有夏天味儿了。夏天让他们觉得美好,就是春天也没这么好。春天,这寨里潮气又湿又重,三天两天的,不是榔头咳,就是二柄咳。

二柄说:"刮风咧。"

榔头说:"好,听见了。"

树上有鸟,那鸟一身灰色的羽毛,健康地叫着。叫声依然美丽。

榔头朝树上一望,就是望不见。倒是想起一件事。

那一回,榔头瞒着师傅自个儿出来一趟,也就是那一趟,他遇到了响当。响当是孟铁匠的女儿,求他算一命,榔头说算不准不怪他。算准了给两块钱。响当是有着忧郁才来的,她告诉榔头,爹让她嫁一个比她大十岁的挑夫,她不依……

榔头算算:"依不得爹的,日后会……"

响当心里又焦又急。

榔头说:"告诉你爹,二柄弟子算的命错不了多少。你爹会放你的。"

响当觉得有一点儿道理。那时候,榔头是扳着响当的手指算的。第一次,他摸到这么光滑圆润的手,要是师傅在身边,这便宜轮不到他。他觉得高兴。摸这一回多不容易,让他永不忘记。好久好久,他舍不得放开响当的手。

响当恨只恨不争气的榔头,始终不肯放开她的手。响当找出一个法子:"你听,榔头,树上有鸟叫了。"

榔头"嗯"一声。响当才抽回手。响当一走,那鸟还叫。

鸟叫归鸟叫,二柄不顺心。坐了半天,没个来算命的,怕是这鸟冲了自己的生意。一只手在地上摸到了一个土坷垃,朝树上抛。那土坷垃没打中鸟,碰到树枝,爽爽快快落下来,如雨,掉在榔头头上。

榔头骂:"狗日的,欺负人。"

二柄在旁笑。

榔头问笑什么?

"没笑什么没笑什么。"二柄说。

那脚步是二柄熟悉的。那说话的声音是二柄熟悉。二柄对榔头说:"秀花嫂子来了。"

榔头说:"来了就来了,也没啥大惊小怪的,不就是二道货。"

二柄吼:"没品,出师不到半年,就不知天高地厚,尽说师傅坏话。"

榔头觉得在理。师言极是,也默不作声,在旁,听秀花嫂跟二柄说话。

二柄说:"昨晚上雨大。怕出蛟噢?"

秀花嫂说:"猪仔淹坏了两条。"

二柄说:"命中注定,淹坏了淹坏了,退财免灾。"

"才是的才是的。"秀花嫂笑笑,说。

榔头在一旁听得极细心极认真。秀花嫂初来,说话声音响亮到好处。然后声音就碎了细了,笑也没有了,还断断续续地呜咽。

慢慢地,榔头听不见了。榔头猜测是秀花嫂附在二柄脑袋旁说的。然后,秀花嫂走。那脚步碎碎的,响在孟家寨响在二柄心里头。

二柄好一会儿不说话,觉得自己空了,觉得秀花嫂这女人骗了他。讲好八月十五过来住,这下儿说话不算数了,又找上一个还跟我来退。

"退个屁。"二柄出声了。

二柄怎么啦?榔头以为师傅在发他的火,也不好讨他的口气,默默坐着。

二柄觉得这事让榔头知道不得,丢人咧。他按捺火气,细声细气地问榔头饿不饿,又问刚才有没有人找他算过。

榔头说:"还坚持得住。不饿,也没人过来,今天只怕没生意了……"

二柄没听榔头说话。馍已拿到嘴上,啃了又啃。啃得极小心又认真。

榔头听到二柄啃馍。心里不是滋味,这狗日的师傅,越来越只有他自己了。榔头想。

原来,二柄跟榔头来孟家寨,二柄替人家算命,自己在旁听。后来,后来的后来,榔头学到了规矩和技巧,自己也算起来,辛苦钱归二柄,二柄管自己的饭。一出师,只有他自己了,怪,人心隔肚皮。

二柄的馍早已啃完。两个人又像蔫了的秋草,坐在夏天的柿子树下。

"响当响当。"榔头喊。细细碎碎走来的是响当的脚步声。榔头一喜,就喊。就站起来。

榔头握着响当伸过来的小手。响当也摸着榔头的手,让榔头高兴。

二柄听榔头一喊,才知是榔头喜欢的响当来了。二柄暗自佩服榔头,再好的运气没让他碰上,倒让榔头碰上。偷偷地好几次摸过响当的手,可自己就没那福气。唉!

二柄听响当跟榔头说她要走了。

榔头又问:"到哪里去?是不是离开孟家寨这鬼地方?"榔头摸着响当的手,心生疑问。

"是。"响当摸着榔头的手说。

"还回不回来?"榔头舍不得放开响当的手。

"不回来。"响当慢慢地抽回手,然后,抱住榔头的头,朝榔头一亲。榔头呢?当然是舒服。

猛地,响当就停止了。榔头若有所失。

"榔头哥,走了噢。"响当就走了。

脚步随风声而远,再远。直到榔头站蔫了腿。榔头再次坐下来,又叹息自己:"人的运气,就这么一会儿……"

柿树下两人各怀着心事,还是默默地坐在那里。

二柄说:"孟家寨不是我们的了。听得出来,响当不跟你好了,原来好的是白好。"二柄说完又笑,嘻嘻嘻。

榔头觉得丢了面子,二柄知道了这事,也说:"秀花嫂也瞧你不起。"

二柄问："跟秀花嫂说的话,你听见啦?"

榔头说:"还有不听见的?人家又看上别的汉子,跟你也白好一场。"

两人都感到茫然。

"唉。"榔头叹息。

"唉。"二柄叹息。

叹息归叹息。

二柄起身说:"走。"榔头应声"嗯"。

孟家河的水比先前小多了。过了楚楚依依的木桥,两个细细瘦瘦的影子,高高低低地在瘦瘦窄窄的小路上,晃动。很快,群山遮没了他们。

秀姑

山不大,很长很沉默。无声无息生长着,胸膛流出一道色彩来,缓缓地流着。流得很远,映着蓝天白云。

秀姑年轻,并不很秀,壮实得像个男伢,不知为什么叫秀姑。短短的头发乌黑乌黑,圆圆的脸黑红黑红,大大的眼睛明亮而又略显深沉,一副山里人模样!

秀姑不会哭,她说过。在林子里。

山里有林子。竹林。竹林很静。山鸟享有这片天地,欢快地吵着,竹子够大了,还年年都发新的。秀姑常来这里和憨憨砍竹。憨憨很憨,却长得好看。脸宽、眉浓、唇厚,块头也大。有回砍竹,憨憨出了一个憨主意。他对秀姑说,自己在竹林中藏起来,让秀姑找。秀姑微笑着答应。

头顶密密匝匝的竹叶把阳光遮住了,太阳只能从一些枝叶稀疏的地方探进半个脑袋,好像窥视林中的一切。

"秀姑,你闭上眼。"憨憨说。

秀姑闭上了眼睛。一会儿,眼微睁。憨憨不见了。秀姑在林子里乱找,绕来绕去。无奈,回到原来的地方。张开嘴:"憨憨——你出来。"竹林没有动静。声音在林子里回荡,好清脆。

秀姑不再喊。憨憨还没出来,她想哭,没哭出来。憨憨从不远处的竹子上滑下来,缓缓地。

"憨憨,你在……"秀姑惊喜,话没说完。

"女儿家没用,只哭!"憨憨憨着身子过来。

"谁哭?!女儿家才不哭呢!"一抹阳光射到秀姑的脸上,太阳在笑。秀姑和憨憨都笑。微风在林子中穿行,笑声伴随微风,悠悠荡到林子尽头,舒徐回缓,余音袅袅。

小溪边长满青草,花常开。花开时,浅浅地倒映在水里。蓝天白云倒映在溪水里。一块水码头边,秀姑常呆看自己的影子。来溪边担水的时候,总朝溪水微笑。溪水悠悠,欢快地笑着。憨憨也常跑来码头,看秀姑担水,还帮她担一段路。秀姑来洗衣服的时候,憨憨便说憨话儿:"秀姑长得好看,好看!"

秀姑便问憨憨,哪里好看?憨憨憨着说,水里好看。

秀姑不说话,悄悄捧起一捧水向憨憨泼去。憨憨一个水脸,还直笑着说:"秀姑好看!我喜欢秀姑……"

憨憨爱上了秀姑,秀姑也爱憨憨,秀姑爱他的憨气、憨话、憨得可爱!

秀姑妈怪,不让秀姑爱憨憨。说憨憨穷,又憨头憨脑,没爱的地方。秀姑不再多说话。担水的时候,秀姑不要憨憨担了。秀姑告诉憨憨,若再担水,妈把我赶出去,还说要把我嫁到远地方去……憨憨不语,使劲扯起一把正在打苞的青草,朝溪水里抛去,青草一漾一漾的,一沉一浮,随水漂去……

秀姑很勤。秀姑去竹林砍竹,背最长最大的。秀姑去山里砍柴,一大捆一大捆背下山。山里的活儿,秀姑一手拈得下。

山里好多沟坎她跑过,好多坡岭她爬过。山里的野花,她叫得出大半名字来,还记在心里。她也喜欢看林子里的归鸟,听林子里的鸟叫。有时,她看到双双栖飞的鸟儿,依偎在一起。她想喊,她要惊动鸟的梦,惊动山的梦。可是她喊不出来,只看在心里。

林子尽头的路口,她看见两条菜花蛇缠在一起,她想跑过去打死它们。但她怕惊动菜花蛇的梦。等缠着的蛇,东一条、西一条地向草丛里溜进,她才回家。一个人很晚才回家……

秀姑大了。秀姑妈给秀姑找了个溪水对面很远的婆家。

秀姑不去。

秀姑还是去了……

秀姑不生娃子。秀姑的丈夫这么说。秀姑被赶了回来……

秀姑怀着淡淡的惆怅,回到娘家,回到山里,在雨天。雨飘忽着,不定向,绕着山,转来转去。灰色的朦胧的雨没完没了,织成一张无形的水网。虽然是早春二月,雨声淅淅沥沥,是二月的寒雨。

秀姑不再去远方。秀姑妈打秀姑。秀姑没哭。说:远方的不是她丈夫,丈夫不是男人! 秀姑心里头在流泪,簌簌地,合着寒雨的音。秀姑妈说,才怪,女人不生孩子……早春的空气里,颤着悠悠的冷气。飘忽不定的雨丝,直落到秀姑的心里。秀姑呆站在窗前,望着朦胧的雨雾。

外面很冷,山更冷,秀姑不敢出门。

张寡妇七分像人,三分像鬼,脸上早打了皱,多疙瘩。腿脚却麻利,像山雀般嘴快,喜欢乱叫。在村子里说秀姑不生孩子,男人不要。村子里的人在议论秀姑,怕是秀姑染上晦气和鬼气。那么乖巧的秀姑没男人要,不生娃子。羞?!

秀姑日日不出门,待在家里。秀姑妈不和秀姑说话。寒雨还在下,秀姑心里更沉，直想憨憨。她要和憨憨在一起，和山在一起，憨憨就是一座山。秀姑妈没再打秀姑。

秀姑相信自己会生娃子！雨过后，天晴了。秀姑嫁给了憨憨，一起过日子……

憨憨外出，碰到村里的二婶。二婶说闲话。当着憨憨的面，一句句，很尖刻，向憨憨掷来。憨憨也憨也傻。羞！取了个不生娃子的秀姑……憨憨火了，使出男子汉的粗气说话：谁说秀姑不生娃子？就你有生娃子的本事。一大窝，没完没尽。二婶脸不生光，头也不抬走了。憨憨出了口憨气，想笑，没笑出来。

雨夜。憨憨突然问起秀姑，真不生娃子？秀姑瞧憨憨那副憨相，忍不住笑了。笑得那么甜美，又那么酸楚。

"谁又在说寒语寒话？"秀姑不打紧地问。

憨憨不答。夜深了，天上没有星星，没有月亮。淅淅沥沥，雨，下得茫然……秀姑吹灭了灯。

秀姑身子软塌塌的，肚子渐渐凸了起来，秀姑肚子胀了，胀得很满，很满……

"秀姑会生娃子。"憨憨碰着二婶，破天荒地说，憨头憨脑尽说憨话，"秀姑会生娃子，先前的丈夫没用，还说秀姑不生呢！"

憨憨真憨！

二婶无话。干瞪眼，脚不踮地地跑了。

秀姑难产，住进了医院。娃子生不下来，要剖腹。秀姑麻醉了，什么也不知道。

问医生，憨憨想知道是男是女。

医生说，怪胎，不男不女，死了。两个人头共一个身子。

憨憨不敢笑，也不敢哭……

又是张寡妇嘴快，秀姑的娃子在肚子里死了。骚死的！是个怪胎。你看怪不怪……张寡妇的话，像一场冷雨，下在村子里。村子里的人们感到冷，冷而重。人们怀疑着,证明着。秀姑的娃子是死的?怎么会死?不怪不死,不死不怪?……

憨憨出门不是滋味。二婶问上憨憨的脸:"憨憨,你家秀姑会生娃子的,娃子抱出来看看?"

憨憨苦着脸,把气咽到肚子里。肚子里又鼓满了憨气:"哪个再说秀姑不生娃子,我半夜三更擂破她的门,让她知道憨憨的憨味!"憨憨既打中柱又惊板壁。

"看你秀姑生娃子的,憨种……"二婶嘴里嘟哝着走了。憨憨不服二婶的话。愤然地说了:"走着瞧吧!"

外面很冷,很寒。寒冷时常袭击秀姑和憨憨。秀姑不和憨憨吵闹。秀姑告诉憨憨,再给他生一个和他一样憨的娃子。外面冷,屋里很热。

过了一年。秀姑的肚子真的又胀了。不但胀得很满,而且胀得怪,胀得奇。比上回更大,更圆,就临产了,秋天怀的。

秋夜。憨憨躺在床上,摸着秀姑的肚子。秀姑的肚子软绵绵的,有频率地一起一伏。心里却憨想:怕是怪胎。始终不敢问秀姑。憨憨等着生产。

秀姑生产了,是双胞胎,一男一女。生下来不吵不闹,很安静。秀姑心里头舒服。

憨憨冲着秀姑笑,你真会生娃子!憨憨这么说。

秀姑不笑,不再有折磨,身子也暖了。秀姑不说话,只出了一大口气。

秀姑生个双胞胎,憨憨心里像揣进了一只兔子,老是上下扑腾。喜个没完,憨个没了。

憨憨的秀姑一胎得了两子,一男一女。张寡妈又发话了,才不怪呢?一胎得两子,可不是好苗头,山寨子里没有的事?怕是秀姑前面的男人也有一个娃子唷?

憨个没完的憨憨听张寡妇这么一说,心里不再扑腾,心头又开始膨胀了。脑也胀了,腿脚发麻,眼睛发花。张寡妇唆是拱非,一张布满疙瘩的脸在憨憨面前摇来晃去。好一会儿,才发现张寡妇一路颠颠簸簸,也走不稳一步路了。一生也快完了地移着脚。

快点儿死呢。憨憨想。

憨憨朝山那边望了望,山后飘来几朵云,很浓。秋雨,说到就到的。

秋雨果真下了起来。憨憨的屋子漏,憨憨撮了漏,悄悄问秀姑,娃子是你前面的丈夫的?

秀姑望着窗外的雨丝。听见憨憨的问话,默默地张开了嘴:娃子是憨憨的!

憨憨没再说话,听着秋雨的缠绵声。

秀姑有点儿冷。

秋雨缠绵地下着。一场秋雨一场寒。

秀姑一直都冷,患上的病,由冷引起。怪! 秀姑得怪病,全身起疙瘩。疙瘩起初很小,接着发大,灌成水泡,诊不好。山里头有几个人得过,女的得过,都死了。憨憨心里慌,怕真的诊不好。等着天晴。

憨憨出去抓药。村子里二婶告诉憨憨。秀姑的病诊不好,肯定是秀姑看见蛇缠在一起,又没打死,才患上这病。

憨憨听了心里慌。

憨憨回去问秀姑。

秀姑说是在林子的路口边,看见两条菜花蛇缠在一起,当时,没打死它们! 憨憨不信。

憨憨替秀姑后悔。

秀姑死了。死在残秋里,满地金黄时。

天空不再有云,很冷。黄昏来临之前,憨憨到秀姑坟头上坟。一条菜花蛇蜷曲在坟顶。憨憨不怕,把蛇打死了,弄回家,浇上油,焚了,成了一星儿灰。

憨憨望着远处山里,夕阳射进了竹林。竹林里光影晃动,又望着溪水,夕阳沉到水里很美。

溪水欢快地从山里流出,映着蓝天白云。

Yi Lu Tao Hua Hong

一路桃花红

白鹭飞来

　　田里耕作的农人明显地减少了，很多人喝着酒，喝着茶，边喝边说一些往事，很多预知农事的信息，譬如阳雀飞来，譬如白鹭飞来，他们懒得关心了。

　　从他们说着的往事之湖里鱼一样逃出来，我开始了一年的寻找，也开始了一年的耕耘播种。

　　我不得不一天天关注那些水稻的生长；不得不一次次关注坡地的墒情。在水稻绿绿的身影里幸福地展开笑容，同时念叨那些卧进土里的豆种，看见它们快快活活拱出来的生机，我仿佛看见了秋后好好的收成。

　　我没有沉沉睡去，在村庄里花朵一样醒着。白鹭还能云一样翩翩而来，的确是我想不到的，曾经错误地以为去年秋天的无语告别之后，白鹭再不会回来。

　　当我叶片一样舒展笑容的时候，一下子看见了白鹭，在干净得没有一点儿云彩的深蓝的天空，它们以大胆的又似闪电般的形式出现，或三五只飞动在一起，或七八只滑翔在一起，整个儿一激动的白鹭家族，飞动起来，它们的身影真像很多被风吹翻的阔大树叶。

　　我在想，它们的背后应该还有我童年瘦弱风筝的梦想，它们的身下应该是往事一样起伏的山冈，它们的眼前应该是真真切切春天一样明媚的村庄，更是阳光晒亮的树木和眩目的花朵。它们像一些很好的名词在无语飞动，在还有点儿潮湿的村庄，在很多人都在痛苦告别的村庄，在很多人都在怀念的村庄，我对白鹭充满激情快速地挥手，我真不知道白鹭看没看我一眼？我只看见它们就歇在屋宇对面深深浅浅的松树上，就歇在那些我曾经观望曾经爱恋的松树上。片刻间，村庄就歇落了很多首唐诗，平平仄仄地可以吟哦；歇落了很多阕宋词，声声急声声慢地可以诵读。白鹭飞来，亦如很多简练的句子歇落民间；更像一些白色的音符在树枝上幸福地跳荡。

我收藏了笑容，没有把这个发现泄露，也并没告诉那些坐在舒适里安心享受酒茶的人。我要用这个发现来活跃我曾经苍凉的心情，便把这个很好的发现藏在心里。

白鹭就这样生活在我生活的村庄。

这是春天飞来的白鹭，它们又从那些树上飞起来，展开它们的纯洁，展开它们的朴素，在天空飞过之后，像一滴滴白色的血液清脆地滴落在村庄的皮肤。白色在动，白色在扩展，接着，它们清澈地融入积满春水的田里，站着时的身子，注定高挑、圣洁。它们比爱情更纯洁的影子成了我一生追随的对象。我看见它们开始了觅食，没人的时候，伸张它们的特有长嘴，目光专注。小鱼儿小泥鳅往往是它们极力寻找的食物。吃饱了，它们从容地站在水田或站在田埂上看望弯弯的村庄，用一生时光来倾听村庄的心声，用后来的夏天后来的秋天来回忆村庄弯弯的心事，还用嘴轻巧地梳理绵密的羽毛。

我不得不佩服，它们的想法又在长高，又在长大，它们有可能把民间最好的民谣民歌民俗民风装在心里，有可能把最朴素的饱含泥土的芳香，也一起吮吸。白鹭飞来，我才知道，是它们进一步活泛了我对村庄的感情，是它们进一步充实了我眼里的村庄的内容。

白鹭是以这种方式来的，又是以这种方式守候村庄的。有时候，我不得不停下手中的活计，看它们飞动的姿势，看它们歇息的模样，看它们前进的速度和美，听它们一路轻轻地缤纷地呼唤。

我在白鹭到来的日子心情很好，我是一刻也不敢轻看白鹭的到来，一辈子也不敢轻视白鹭的到来,它们是不是来拯救村庄?来拯救我对村庄的爱?我不敢断定。但是,有一点,我确信,在山冈,在水田,这不是它们最后的抒情,这亦不是它们最后的舞蹈。它们会像池塘的一朵朵白荷,会像一道道情感的波浪,再绽放,再涌起!

白鹭飞来,我不会在很多人嫌弃的村庄,听他们说那些无趣的往事。守候飞来白鹭,我那让春水浸润的心灵慢慢变轻,并且一同随白鹭飞起⋯⋯

最后的石榴

这是安静的乡村院子,生长着吸足乡村水分的树种。自然,石榴也在院子里扎根,很明显,这些树种将出色地陪着院子度过夏天,院子将出色地陪着我度过夏天。

我来这个院子的时候,夏天的风还有点儿凉。我在凉凉的风里走进了院子。从第一脚踏进院子起,树上挂着的石榴,一下子就惹了我的眼睛。满树就一个石榴,不大,像小孩玩丢的一个小球,皮是青色的,泛着水草一样的光泽。我想,这个石榴将是石榴树夏天的结构,这种结构将支撑整个夏天。我不得不赞叹,石榴树有着一个果实是多么幸福的事啊。

夏天的太阳好端端地充满了光和热,晒着小石榴热着小石榴。闲时,我从屋子里走出来,来到树下,看它晒黑了皮肤没有。看过后,我自己笑自己。石榴树没有一点儿晒黑的迹象,好端端地挂在枝上,让我的担心成为一种多余。

我不知道,蝉对石榴树有那么大的诱惑。在我熟睡的中午,我让一只蝉的歌声水一样泼醒。起身端坐在屋檐下,一语不发,感觉从石榴树上吹来的风,暖暖的。再仔细望去,看见那只蝉坚定地歇在离石榴不远的情感的枝上,嘴里的歌声,极夸张,一声紧过一声,浪波一样从院里涌向院外。

我在想,有蝉做伴,那个石榴该不会寂寞。

石榴长大了,表皮有了红晕。这是我在夏日里发现的又一个秘密,这更是我目光里的风景。我不想用粗糙的手动了它细腻的想法,只能看着它长大,再长大。如果我没有猜错的话,这时的石榴,眼睛长在石榴的脸上,并且很认真地看了我一眼。

那是夏日里最猛烈的风,最猛烈的雨,关上的窗户,又让风给吹开了,风进来,雨也跟着进来。我的曾经狂热的夏天,就这样无端地淋湿。我也来不及躲闪,来不及撤退。风雨过后,我想,那个石榴恐怕跟我一样的结局,早就吹落树下了。

石榴安然。树安然。

石榴仍以守候的姿势站在树上,树仍以期待的姿势站在院中。这是我没有想到的,让我看了一夏的石榴,给了我一夏的好心情,在我最需要它的时候,站在了夏的前沿。

搬出院子那天,我没有走近其他的树种,只在石榴树下站定,看着那个成熟的石榴,一看就伤,一碰就痛。我无话可说。

那是夏天最后的不敢轻易告别的石榴,轻轻回首,就见它灼人的目光,一直送我走上长长的秋天的路。

一路桃花红

　　黄昏的雨，一点一点变小，小得我能在路上走过，稀少的雨点茫然地钻进衣衫。

　　门前的小路弯来弯去，弯来弯去的路边，桃树仍旧站定，站在有过的潮湿里，站在鸟飞过的地址，不喊一声冷，不喊一声疼。它们仍旧像很好的一些词。我知道，这些桃树，隔着这个春天很远的春天，是瘦弱的父亲在咳嗽的早晨亲手栽下的。桃树远远近近，让我看见春天，让我想起童年。

　　我对这些词有过发呆，有过触摸的想法。我一直想触摸到桃树最为柔弱的一部分，就像夏天里我对水稻的触摸，就像秋阳里我对红薯的触摸，就像雪地里我对萝卜的触摸，想触摸到桃树最为心动的内容。

　　从城里仓促回来，回到距离城市40来里的村庄，我看见野花细小的身子，让青草的轿子稳稳地抬着，看见那些有着朝气的油菜包着黄黄的头巾，毯子一样铺在村庄，就能让我心动。看见一树树的红，看见一树树的艳丽，一朵朵桃花身子挨着身子取暖，相互芬芳，等我靠近，它们的脸，还是那样红着，更能让我心动。

　　我在小路上行走，试图把自己慢下来。慢到一种可以跟桃树对话的速度。试图看清一棵棵桃树，看清桃树有过的花朵和爱情。

　　微雨就那么落在花朵的眼睛里，落在花朵的乳房上。一点一点，再在花朵的眼里滴下来,再在花朵的乳房上滴下来。我知道,花朵里有干净的东西,更有孤独的东西。我知道,花朵里有一条河,有一个面孔。我还知道,花朵里曾经不重要的东西将变得重要,没有关联的事物将变得密不可分。

停下脚步,认真地看着眼前发生的这一切。花上的雨水没有打湿我,我用我的安静,我用我的坚持,和雨水一样打湿了安静的桃树。

一棵桃树守望另一棵桃树,再没有比桃树的爱情更为珍贵了。总算看到了,我无数次收集过桃树的声音、颜色、形状、悲喜,留心错落有致的季节,一一在枝上发生,在花上发生,在树上发生。

这些年,村庄的炊烟所剩不多,我看着长大并刻下名字的树所剩不多,那些撑破村庄夜色的大树仿佛远嫁他乡的妹子,在情人温柔的怀抱中,痛痛快快地死去。我不知道,最后谁来保卫村庄,谁来拯救最后的村庄。从远方飞来的鸟,在经过季节的更替之后,让城市吹来的风,越吹越远。

这些枝这些花朵,遮没了城市的一切。桃花坐在我要经过的春天,坐在我要经过的路上,并且用了一种幸福的姿势。我只能忘了另外的世界,只能忘了40里外的城市。

我又抬起脚步,边走边想,要是哪一天,那一些我熟识的树,不在了,那一些熟识的花朵,不在了,我肯定能一一想象出来。桃树就是,桃花就是。

离开看见桃花的日子,又有一年,在高高低低开花的树中,我一次次地寻找桃花,寻找桃花如梦般的生活。看到桃花,就像看到了最好的细节,走过小路,就像走到了最好的路,每棵桃树都在雨中青春,每一朵桃花都在雨中灿烂。在桃树的身后,在我的身后是无边的安静。

轻轻走来,轻轻走去,眼里只剩,一路桃花红。

想念一棵树

　　说不清是第几次看那棵倒在地上的刺槐了。每次看它之后，很想陪它，陪它一起走过春夏秋冬，陪它一起到天荒地老。

　　刺槐已经有小木桶粗，已经在村庄里站了十多年。我经常从它的身边走过，常常见到它满树的叶子，闻到它的花香。有时候，我觉得这棵刺槐很幸福，自己也很幸福。有时候，我就在它的身边唱着那些我熟悉的歌谣，有时候，我就在它的身边打一会儿瞌睡，在它的目光里离开又回来，在它的目光里熟睡又醒来。

　　去年春天，父亲给了我村庄最真实的消息，邻居文老头系牛的刺槐让风弄倒了。在这样的消息里，我跑过去一看，刺槐是倒了。

　　刺槐倒在一阵风里，倒在村庄经历的最大的风里，呜呜而叫的风，翻山越岭的本事，没有其他事物能及。风在村庄遇树而过。刺槐啪地一声倒下，再没有站起，埋在黄土里的根，快速地扯断，露出一些亮亮的颜色，露出一些可怕的颜色，露出一些疼痛的颜色。头顶，挨地的那些纵横的枝条早已折断。那些没有折断的根，吸收的养分还能养活刺槐的身体？

　　刺槐像一堵厚实的墙一样倒下，从地上出走，又回到地上。倒下时，是一满树的槐花，是一满树的诗句。那些闪亮的花灯，没有谁怜惜地提回家门，却渐渐地在树枝上暗淡。然而，花灯散发的香味，毫无遮拦地，一次次缭绕了村庄的夜晚。

刺槐倒下后,我固执地以为,刺槐一天天地靠近危险靠近死亡,在那些花灯完全熄灭完全落地成泥之后,我去看它,果真,曾经折断的枝死掉了,那些没有折断的枝,一目了然,还在保留春天长出的叶子,执着地坚持乡恋。

村庄在经历夏天,在经历炎热。从别的村庄飞来的蝉歇在不高的树上,告诉夏天十分炎热十分漫长的内容。我把那些生长金黄的水稻插在缺水的田里后,又走近刺槐。远远地,我就听见蝉声尖锐地传来。蝉声来自刺槐深处,我一惊,这么一棵倒下的树,还能引来一只蝉?待我走近,蝉发现了我的身影我的脚步,立马停止了鸣叫,张开翅膀,忽地一声飞开了,留下刺槐在炎热里孤独。

站在样子难看的刺槐身边,我发现,自从它倒下后,邻居文老头的牛又系在别处的树上。那一块块让文老头的牛擦出的皮伤,像一块块擦不去的胎记一样留在刺槐上。我手摸那些伤痕,手摸那些让刺槐感到疼痛的伤痕,摸过之后,我找不到一种为它疗伤的药物,只能沉默而走,留下刺槐在夏天里更加寂寞。

刺槐经历秋天。

刺槐经历冬天。

刺槐经历再来的春天。我去看它,折断的枝完全枯萎,折断的根已经发黑。靠着另外的根条吸收水分后,属于刺槐的叶片长出来,丰满了枝条。春天很亮,刺槐很亮,看不出忧郁的意思。刺槐一枝一枝地找回了它的春天。站在它面前,我闭上眼睛,一动不动,像一个不肯离开村庄的词,像我的父亲,在晒太阳时,忘了自己。

我对刺槐肃然起敬。一棵热爱村庄的刺槐,蕴藏了一年四季的秘密,轻轻地顶着十多年光阴的重量,它不想告诉任何的树,自己有多么幸福,又有多么不幸。

在后来的日子,在离我越来越远的春天,一棵刺槐,被自己内心的春天呵护,被村庄的春天呵护,只要被我的目光轻轻一握,就成为我不肯放弃的思念。

父亲的水稻

那年秋天,要田最果断的是父亲。父亲拒绝进城,绷起额上的青筋,找到说话算数的队长,要了地,还要了田。

从父亲精心建造的房子出来,经过枝上发叶的槐树,经过一条细又长的小路,就是父亲的田了。

父亲要到了田,就撒上了"红花"籽。"红花"其实就是紫云英,村庄人称"红花",红梗绿叶,花还没开尽时,随翻耕的泥浪卧进田里,渐渐成为水稻吸收的养分。

我经常经过那棵发着叶的槐树,走那条小路,到父亲的田边去。

那是三月的风。我拿了陈旧的风筝,站在属于父亲的田埂上,把那风筝放到了高高的天上,对着风筝望,望得头都疼了,便一屁股坐在田埂上,看那些紫云英绿过来绿过去,真会绿疯的模样。

雨紧密地在我家的屋檐前连续滴了好几天,整个门前的禾场湿了。我想这场雨肯定打湿了那些"红花"。父亲戴了斗笠背了把铁锹出去,不一会儿就转回来,对我说,要犁田了!

第一次看见父亲犁田,是那年春天。田里的水凉凉的,凉凉地浸着那些"红花"。父亲赤了脚和他的牛走着。父亲犁田样子的优美,第一次定格在我眼里。牛的背上,有时候还歇一只黑色的鸟,那鸟的嘴唇有些儿黄。我大声地对父亲嚷："给我抓一只！"

父亲竟一笑，猛甩一下手里的鞭子，牛吃了鞭子，一颤抖，那鸟就飞了，我站在田埂上半天不说话，看那鸟默默地飞到我不熟悉的田埂。

父亲撒下种子的那天，我就去了学校。

等我回来，父亲不在家。

想起父亲的水稻，我经过那棵槐树，仔细回忆了一下，那棵槐树的叶子绿得很有意思了。沿着那条小路又走向父亲的水稻，田埂上已长了些杂草，青春的样儿。

这是正在扬花的水稻！水稻已密得插不进目光，甚至插不进我的任何想法。一株株水稻充满了激情，有着如梦令和蝶恋花一样的幸福。这是恋爱过程中的水稻，身子挨着身子，每一朵花都在跳舞，它们相互芬芳，相互爱着，爱着脚下的水，爱着肩头的风。它们还相互梦着，梦着将来的日子。除此之外，它们哪里知道，我也爱着从春天出发的它们。

我在那条道上仔细辨认父亲的脚印，春天的夏天的，前日的昨日的，来往重叠的脚印，已模糊不堪；我又仔细寻找父亲的细碎的滚烫的汗珠究竟滴落在田埂的那一丛细草上。

村庄里很安静，父亲的水稻也很安静，几只一点儿也不疲倦的蜻蜓，来回地飞，飞得急一点它的，像饮醉了夏天的风，翅膀还擦着了水稻的头。

我没见着父亲，伸出手来一把握住了水稻的颈，那一握，我才发现粮食不是唾手可得；同时感觉到，我与父亲的水稻已是足够亲近！

过了很久，我让那种亲近的感觉进入我后来的日子，一次次喂养了我的眼睛，一次次喂养了我的心情。那种感觉像长着长而细的根，深深地扎进了我的生活。

那天中午的太阳真的很好，那些蜻蜓真的飞过了水稻的视线，还有我的视线，我看见父亲的水稻，坚韧而纯粹。

梨树

屋后的梨树，很大，树干有桶粗。树皮黑黑的，看不见一点儿光泽。要是下过长时间的雨，树皮的裂缝里，就长出一些苔藓。我小的时候，经常用一种不太锋利的小刀，在上面挖下一块块的苔藓来。

梨树就长在我家的屋后，原以为，长在我家屋后的树，就是我家的，其实，我错了。队长说，那棵梨树，是队里的财产。有一次，我问爹，屋后的梨树，怎么是队里的？

父亲说，那树就是队里的。父亲好像没有给我一点儿理由。我再不问父亲了。

每年的春天，我就看见那梨树开很多的梨花。开成千上万朵梨花。那些花朵白得耀眼。有时候，我就走到对面的山上，正坐在路边，看屋后的梨树经历春天。看那些嫩绿的叶片，在春风中摇荡。

梨子快要熟了的时候，树下就热闹了。我时常趴在属于我的木制的窗前，看树上树下发生的一切。队里有人悄悄地爬上树，摘下一个个快熟的梨来。我就看见过队里的齐嫂爬在树上，手不停地摇那些树枝，树枝上的梨就掉下来。齐嫂赶紧下来，慌张地在地上捡了梨就走。我也看见队长用竹篙撮下来一些个头大的梨，放在斗笠里，就若无其事地走开了。

我把见到的这两种情形跟父亲说了。父亲赶紧捂住我的嘴，叫我别

谁来证明你的马

乱说。

后来，我才知道，齐嫂的男人死了，她的眼前站着四个娃，真不容易。队长在队里权力最大，谁要是得罪了他，扣点儿工分或口粮什么的，谁也奈何不了他。

我从来没有爬上梨树。也就是没有在梨树上摘过一个梨。不为别的，就为父亲的一句话：瓜田不勾腰，李下不伸手。到后来，我才明白其中的道理。

捡梨是我享受的最大乐趣。树上掉的梨，谁捡了就归谁。我有很多在树下捡梨的经历。夏天多大风，大风一来，呼呼啦啦，就吹得梨树枝乱颤，那些快要熟透的梨就落下来。梨从高处掉下来，很多都摔坏了身子，流着汁。梨要不捡回来，蚂蚁就歇在那些口子上，舔那些汁。那些摔得很坏的梨，我不捡它，往往成了蚂蚁的美食。

捡回来的梨，洗掉灰，洗掉泥，就可以吃了。在嘴里反复地嚼，味儿不是很好，后来一想，自己吃到的是梨呀。

捡梨的不光我一个人。跟我差不多的娃也在树下捡梨。有一回，我不在家，突然刮了大风，同队的家鱼就捡了一筲箕。等我回来，爹就对我说，队里的家鱼捡了一筲箕梨。我一听，肠子都悔青了。

队里的财产开始分了。队长说，那棵梨树长在我家的屋后，分给别人，也不好管理，就让父亲认了吧。梨树分到了我家。

父亲就把那棵梨树圈在自家的院子里。我很反对，说，爹，不就一棵树，看管那么严干啥？父亲也不跟我争。

年年，梨树上的梨摘下来，在城里换来的票子，就成了一家人的希望。有一回，要开学了，父亲还没有找到学费，一担箩筐挑到屋后，摘下梨来，那担梨就成了我一学期的学费。

树一圈起来，来树下的人就很少了。齐嫂也不在树上摘梨了，队长也不拿竹篙撮梨了。同队的家鱼也不在大风过后在梨树下捡梨了。那种曾经有过的热闹，很难找回了。

父亲在屋前又择了一处新地方,作为新楼的地基。搬进新楼,与屋后梨树就距离远了。

我还经常走到梨树下,看那树上的苔藓,看那黑黑的树皮,再抬头看看那浓密的枝叶,一看就是很长一段时间。我知道,自己什么也没有给梨树。在平常之中,梨树却给了我很多,给了我很多的快乐,给了我很多的思念。

目光一次次越过梨树质朴的身子时,我的记忆里我的思想里,是由衷的敬佩。

母亲的端阳

农历里的端阳看上去是那样平常。

母亲把身体和思想安放在村庄。她的眼里常常是艾蒿无法抑制的浓绿。很多年,她爱着它们的高,爱着它们的绿,爱着它们的质朴。每到端阳,母亲总是起得很早,总是手中握了镰刀就往屋后的坡地走,总是走到那一片茂盛的艾蒿边,然后,有选择地一根一根地刈。

母亲手中的镰刀特别锋利,艾蒿倒下的声音很清脆。待到有了一大把,母亲看看四周,起身就抱着无语的艾蒿回家。

母亲把那把艾蒿搁在屋檐下,还放下了手中的镰刀,安静地走向池塘。

塘水清清。菖蒲青青。母亲像想起往事一样想起那些密集的菖蒲,卷好裤脚,赤足走到菖蒲边,卷好衣袖。很快,手插入泥中,用力掏松了菖蒲脚下的泥巴,很快,再一根根拔起。然后,她用柔弱的手指开始哗哗啦啦洗菖蒲上的泥,直到洗净。

细心的母亲用韧劲很好的稻草把那些艾蒿和菖蒲缠在一起,挂在门楣上,挂在铁钉上。我看见那些青翠的艾蒿和菖蒲在门楣上渐渐安静,渐渐死去。接下来的日子,我看见过它们在梅雨天发霉,也闻到过它们在午后散发香味。

母亲从不知道这些事物里头有一种淡淡的忧伤。年少时,我问过母亲,挂那些东西做啥用?

母亲就说,那些艾蒿和菖蒲用得着,用它们烧成的水洗身子,可以祛毒。管用!

我是看着母亲一次次挂着这些物事在门楣上的。只是,她亲手采来的菖蒲、采来的艾蒿,我是一次也没有用过。我的印象中,那挂在门楣上的菖蒲跟艾蒿从来就没有少一根。等到下一年的端阳,母亲从门楣上取下来,再看它们最后一眼,放到灶口,一把火一点,一阵一阵的青烟过后,一阵一阵的艾蒿味儿过后,那些让她牵挂了一年的物事,变成了灰烬。母亲又换上新的菖蒲新的艾蒿。一直以来,在农历五月初五,她仍然做着一件非常虔诚的事。

母亲没有放弃过。她在农村劳作了一辈子,拔了无数地头的杂草,种了无数田亩的水稻。同样,在农历的端阳,她又刈了很多的艾蒿,拔了很多的菖蒲。她把那些物事挂在五月,挂在端阳。

她把这个日子过得很小,过得很乡土,过得很自如,过得很安静。

乡村变得越来越空旷。很多的人慢慢地住进了城里,也慢慢地改变了原来的生活方式。那些他们经历的生活,渐渐地被新的生活潮水一般所淹没所替代。母亲没有机会住进城里,我以为,母亲也随那些住进城里的人一样会慢慢地忘记那些菖蒲,忘记那些艾蒿。

去年,我家房子翻修,一不小心,差点儿打乱了母亲的端阳差点儿打乱了母亲的生活。新安装的大门颜色好看,手摸上去有一种坚固和凛然。我的粗心,致使铁门两边没有预制一枚铁钉。

端阳那天,母亲把缠好的艾蒿和菖蒲搁在地上,两眼看着铁门两边,却没有看到什么。母亲一个劲儿地念叨:我的菖蒲和艾蒿挂哪里呢?

母亲没有忘记挂上那些菖蒲和艾蒿。她找来一根铁丝,一头缠在铁门小栏杆上,一头弯成一小钩,她把那些菖蒲和艾蒿挂在了小钩上。于是,翻新的房子便有艾蒿的香味流动。

挂完,母亲站着没动,她的脸上,是绽开的笑容。

母亲的端阳是挂着的!

我常常想,母亲仍用最自然的形式,爱着自己清贫的老家;仍用最持久的形式,守住自己的端阳。在节奏越来越快的年代,村庄应该还有着一些不变的东西,譬如,就没有哪一种生活哪一种方式,能随意改变母亲无法忘记的端阳。

农历的端阳,看上去是那样不平常。

第四辑

Yang Lan

秧篮

橱柜

我家的橱柜是父亲跟娘结婚时置下的家具。我仔细算了一下，从它的制作到它的消亡，刚好五十年。

橱柜全部用本地杉木制作。杉木的腿，杉木的门，杉木的顶，连背板也是杉木的。住在老屋时，地面不平，橱柜也摆不平稳。父亲便在一只腿下垫了一块半寸厚的木板。

橱柜有两扇门。一呼啦就开了，一呼啦又可以合上。门上钉得有门鼻儿，两扇门合在一起，就可以锁上。锁橱柜门的总是娘。娘是细心之人，每次出门前，便用小锁锁住，钥匙放在睡觉的床头。

橱柜高两米。我小时候，看橱柜很高，高得我打不开它的门，想看柜内的世界，我只好在柜前搭了椅子，站在椅子上开门。有一次，让娘撞见了，她嗔怪我，柜里有啥好看的？不小心掉下来，摔成残废就不得了了。在娘一次次的嗔怪里，我就不再搭椅子打开橱柜的门了。

后来，我听见了自己成长的声音，感觉到了自己成长的过程。慢慢地，我就能像娘一样呼啦打开橱柜的门。

门上写得有字。字是我从书本上学来的生字，也是用那种白色粉笔写的。门上的字，写了又擦，擦了又写。娘一次次警告我，不要在门上写字。我却在娘擦得干净的门板上，最后一次，写下了一句名人的话：天下无难事，只要肯登攀。

门里又是一个世界。

橱柜里是娘放着的衣、鞋,还有黄豆、绿豆之类的种子。橱柜有三层格子。上面一层放着衣服。中间一层一头放衣服,另一头放鞋子。下面是一个斗,掀开垫板,种子放在斗里。

过去的日子,我打开门,顺手就能拿到娘为我折叠好的衣衫,也一目了然地看见娘为一家人洗净的鞋子。

娘除了把种子放在斗内外,还把能吃的东西,不论生的熟的,硬的软的,全放在斗里。斗内的世界,因了一年四季的变化,也全然不同。我见娘从斗里拿出花生来,我见娘从斗里拿出软软的柿子来。那些花生、柿子成为我童年、少年目光里的惊讶。

斗内的食物一多,那些躲藏在地洞和屋瓦之间的老鼠就使劲啃斗的底部。我听见老鼠啃斗的声音很烦人,窸窸窣窣的。娘有时候拍着床板吼,有时候模仿猫的声音吓唬老鼠。这些法子一点儿也不管用。最终,大小的老鼠,都能在斗内行走自如。那以后,所有能吃的东西,要不转移在缸里,要不转移在仓里。

每一次搬家,橱柜也像候鸟一样迁徙一次,原来的旧房拆掉,再盖了新房。橱柜住进了新房。新房里,橱柜站立,站立得稳稳当当。

多年使用之后的橱柜,两扇门打开时,转轴处会发出咿咿呀呀的响声。娘用纯净的菜子油用棉絮蘸了,滴在转轴上,转轴就不响了。

新房里没有老鼠,父亲在老鼠啃出的洞口,要不钉上薄软的铁皮,要不钉上木板。橱柜又放进了吃的、喝的。那时候,橱柜一肚子的货物,它接纳了乡村的物质世界。尽管它是封闭的,我经常地抚摸它,每一次,都有一种温暖的感觉,都有一种幸福的感觉。

橱柜像一位逐渐老去的亲人,再没有当年精神和气色。有一次,橱柜右边的门轴坏了,父亲找来木头、钉锤,一阵敲敲打打中,坏了的转轴,居然让他修好了。

2009年,搬进新修的楼房,橱柜像一只不能归窝的鸟,歇在楼的西侧。娘很有秩序也有节奏地搬出柜内的衣、鞋。橱柜空了,我走近它,用手轻摇,我感觉到了它的弱不禁风。

2012年早春,特别寒冷。父亲整天坐在楼头低矮的棚子里烤火,那一刻,他想到了橱柜,他让站着的橱柜成为了躺下的橱柜,变成了一堆烧柴。我看见曾经的橱柜在火塘里跳跃出一团团火焰,生出一阵阵青烟,那一刻,我什么也说不出来。

斗笠

斗笠很快就从我的村庄消失了,我还来不及唤它一声。

斗笠,一种简单的遮雨的工具,曾经是村庄各家各户的雨具,再穷的人家都会有一顶。

我常见的斗笠多呈圆形。手艺好的人织得浑圆,又不漏雨。斗笠里外两层是篾的,中间一层要么是能隔雨的塑料,要么就是一些用线绗好的宽大箬叶。

斗笠多是男人织的。男人在村庄里生活,好像有理由有责任将斗笠织好。曾经,就听父亲说过,那些斗笠织得好的年轻人,还容易被一些女子看上。隔壁的海唐叔年轻时就织得一手好斗笠,他把那些斗笠挑到湖区,湖区竹子少,会织斗笠的人又少。十几顶斗笠一脱手,回来的路上就多了一个好看的女子。那女子后来就成了海唐叔的女人。海唐叔走的那年春天，女人把他织给她的各式各样的斗笠，在海唐叔的坟头烧了。火光中，海唐叔的女人哭着喊着，下辈子还要戴他织的斗笠。

斗笠在村庄生活了很久。村里人只要会劈篾的人，都织得来斗笠。农闲时，就见很多人或坐在家里，或坐在田埂上，或坐在坡地边，织起斗笠来。那些柔软的篾片就在眼前跳荡起来。细心的男人，会将篾劈得细一些，花的工夫多一些，斗笠眼儿留得小。粗心的男人，就随意了些，劈的篾也不讲究，厚一片，薄一片，里层织得更差劲。

女人中，也有会织斗笠的。村庄的兰枝就会。兰枝起初不会的，她没事的时候，在那些男人堆里钻，看他们劈篾，看他们织。回头就在自家的竹园里砍下几根青皮竹，削了枝，就破竹。兰枝娘怪她，你一个女儿家，好好做人，往后还怕没得斗笠戴？兰枝不听她娘的，依旧织她的斗笠。后来，兰枝就成了村里织斗笠的好手。

很多的斗笠是织给女人的。村庄的女人喜欢戴一种轻巧的斗笠。戴在头上，舒服。很多的女人也很讲究，在斗笠的里层，每逢有什么花开，扎上一朵几朵的。尤其是村庄的栀子花和桂花。女人走到哪儿，斗笠就走到哪儿，花就香到哪儿。往往，直到那些花朵蔫了，才把它们拿掉，再换上新的花朵。

斗笠在村庄很有地位。各家各户都留给斗笠一个位置，一个起眼儿的位置。村里的房宇，门前，或走廊上，都钉着粗细不等的竹钉铁钉。斗笠不用了，很简单，顺手朝钉子上轻轻一挂。很多的人家木板和墙壁上都是斗笠歇息的地方。那些斗笠就成了一道起眼儿的风景。

也有拿斗笠出气的。两口子吵了架，或生了闷气，往往拿斗笠解恨。玉梅就拿斗笠出过气。玉梅跟男人在地里锄草。天气热，草又难锄。玉梅男人不愿再锄了。玉梅说，再锄一段时间。玉梅男人不依，甩了斗笠就走。玉梅也气不打一处来，把斗笠也甩了，用脚狠狠地踹。边踹边说，你织的斗笠不心疼，我还心疼？后来，玉梅没跟男人过在一起。玉梅走出村庄的时候，那天下着不大不小的雨。我没见玉梅的头上戴着斗笠。

伞的出现,令斗笠尴尬。那些撑开来就能遮阳遮雨的玩意儿加速了斗笠的告别。起初,那些斗笠没有当一回事,没几年,各家各户就有了伞。有了伞就忘了斗笠。那些黑了的旧的斗笠影响了木板和墙壁的美观。很多人就取了斗笠,拿走了钉子。斗笠就走向了火塘。

　　我们家的斗笠也不例外。在那间有些透风的屋子,父亲像扔一枚烂掉的菜叶一样,把斗笠扔进了火塘。我还来不及呼唤一声,总有一些感动和悲伤,总有一些值得记住的细节,随那顶斗笠化作一道道青烟,化作一团团跳跃的火,渐渐地,就成了灰烬。

手推车

　　手推车在我的眼里,晃了一下就在村庄里消失了。

　　树荫下,我跟父亲坐在夏天的中午,不断地跟他交流村庄的农具。在他小寐之前,我说到了手推车。父亲说,它是件好农具,可惜不用了。

　　我常常想,手推车就像某些物种一样,有它存在和消亡的理由。

　　村庄地处阳山脚下,多僻静小路,小路弯如鸡肠,实在难走,尤其担百多斤以上的担子。村庄聪明过人的木匠,伐下树来,乒乒乓乓地,有过两日的忙乎后,一辆崭新结实的手推车,就在队屋前的禾场上摆着,形似一只鸡公,有人还叫它鸡公车。前面的嘴上衔有一个小木轮。中间一个大轮,直径三尺,在轮上装了一道铁圈,为的是经久耐用。车身用牢实的木架张开,再铺上木板,运输的东西就搁在木板上,整个手推车,最不能忽视的是两只把手,木质要好。还有两只脚,脚是木的,不推了,两只脚落地就行,车就不会倒。见到新做成的手推车,有兴趣的人几乎忘了要吃饭,特别是我父亲,在禾场上很有意思地推着疯跑。推了几圈后,有人争着要推,父亲让了,我看着那辆青春的手推车在已经平坦的禾场上,开始出发,吱嘎吱嘎的声音就在我的耳边响起。

有时候,我能顺着这种声音,找到手推车,进入手推车经历的岁月。

手推车应该算作是一种农具。我问过很多人,包括我的父亲、队长,还有制作手推车的木匠。他们一直认为,手推车在农村里跑,帮那些憨厚老实的汉子减轻劳动强度,应该算农具。我非常相信他们的话他们的观点,其实,手推车是不是农具,已经不太重要。

手推车的确减轻了劳动强度。村庄非常棒的劳力,最多能挑两百多斤。要是用了手推车,那些能挑两百斤的汉子,推个三四百斤,是小菜一碟。

只要是挑的工夫,一般的劳力都要找队长领手推车,推起来舒服。因此,找队长领车,就成了队长要处理的一件事。手推车放在仓库,仓库上了锁,钥匙挂在队长腰上。大牛就找队长要过车,大牛的劳力算下等,腰肌有点儿损伤。队长安排他把生资站的石灰挑回来。冬天的天还没亮,队长两口子在被窝里温温热热地睡觉,就有人来叩着队长的门,门咚咚响。队长只得对女人说,不睡了,外面有人要车。队长出来一看,是大牛站在外面,手里提了一条半大不小花白着的鱼,说,队长,这鱼你拿着。队长拿了鱼,拿出钥匙,狡黠地说,大牛,手推车你尽管推,一个人推两辆都行。大牛拿着叮当作响的钥匙,回头就往仓库跑。

手推车在村庄派上了很多用场。那时候交公粮,队长说,用手推车。那时候领化肥。队长说,用手推车。那时候,卖砖瓦,队长说,用手推车。手推车就像村庄的某种生物一样,在村庄出没。

我坐过一回手推车。父亲往粮站送完粮回来,我正好放学,父亲就让我上了他的车。父亲轻快地推着车,一路上,好景致不断流过。我的眼里是夕阳的余晖,是炊烟的缠绵,是大树遮盖的屋宇。我的耳里是小溪的潺潺,是飞鸟的叫声,是牛羊的高低歌唱。父亲用手推车把我推到家门,我还恋在上面不肯下来。我很想知道,在夕阳在炊烟在屋宇的眼里,在小溪在飞鸟在牛羊的眼里,手推车是不是一道风景?

手推车是在手扶拖拉机欢快而又急促的叫声中,慢慢走到一边去的,慢慢走到墙脚去的,慢慢走到火堆上去的。谁也没有拉它一把。我弄不明白,那些我坐过的,那些有过青春的手推车就那么容易地告别了村庄?

我跟父亲坐在夏天的中午,树荫下,父亲的鼾声传来,越过我,越过村庄,越过那些承载岁月吱嘎吱嘎响着的手推车。

水车

因为水车的远离,我曾一度伤心。我需要回忆一些往事,在这个阳光很好的下午,我有足够的时间来回忆跟水车一起走过的日子,走过的春夏秋冬。

水车在村庄出现的时候,我不知在哪里。比我年纪大的人经常跟我开这样的玩笑:村里的水车要你爷爷的爷爷的爷爷才晓得是哪一年出现的。

见到水车,我还小。连我童年的开着七八朵荷花的池塘一起小,连我童年的飞来飞去的蝴蝶一起小。村庄是农具的村庄,锄、锹、犁、耙等塞在墙壁用石灰水刷过的仓库里。水车有时也放在仓库。我见到的那架水车很旧,旧得那节车厢有点儿黑,旧得车架失去了光泽。

田里缺水,水车就能派上大的用场。水车就要走到池塘边开始对水说话。村里稍微有点儿力气的人,嘴里吸着最让女人难受的烟,抬着瘦瘦的车架,背着长长的车厢,哟嗬哟嗬走向水塘,在塘边架好。那些有点儿力气的人往往站在或坐在车上,使劲地蹬车轮,轮子蹬得越猛,水就车上来得多,袅娜开在车盘上的水花就好看。那些水花就开在我童年的眼里。我就看着那些水花长大了。

农闲时,水车派不上用场,就有人建议,水车要用桐油油一油。接着看见村里干事最有经验的人,拿着抹布,很细心地蘸上桐油,让车身都有桐油的香味都有桐油的光泽。

村庄的农具分到每家每户时,我才初中毕业。回到村庄的夏天,回到那个极为闹嚷的夏天。我觉得那个夏天让很多的人,都没有睡好一个安稳觉。从仓库里走出来的人,肩上或手上都是一份应该得到的农具。

一架水车就分到了我家。我不知道,一架要四人才能踩转的水车,对于我家会起到什么作用。

我看见父亲把车架背回来,车架回到了家。我看见父亲把车厢背回来,车厢回到了家。

水车就放在家里。父亲在不漏雨的一处地方摆放了水车,平时父亲喜欢戴的斗笠和晴天不用穿的蓑衣就搁在了水车上。

父亲没用水车车水。理由是,他跟母亲很难踩转那架水车。有一年,有块田里的禾快枯死了。父亲说,难得抬出那架车,就挑水润。娘一路挑着水,就有点儿后悔,说,分什么样的农具不好,偏偏分到了水车?父亲挑一担水跟在她后面,也没发什么火。父亲眼里的秋天,干旱仍旧严重。

父亲怕水车过早霉坏,一到秋天,就去他经常走动的肖伍铺买来一小木桶桐油,搬出那架水车,认真地油着,满禾场都让他弄得是桐油的气味。

每年一次,父亲把那架水车油过3次了,也没用它。我就劝父亲,反正不用它,油了也白油。父亲瞪了我一眼,再没说什么。

那年，我高中毕业。我站在离学校很远的村庄，只能翘首遥望那些省城的大学。我手摸着父亲油过的水车，一句话也不说。

果真白油了。后来，村里都用抽水机抽水，很多人都不用水车车水了。再后来是很多人去了城里，忘了水车。

我也忘了水车。2001年，我要拆掉旧屋修建楼房时，父亲跟我说，那架水车怎么处理？

我说，烧了吧。父亲再没作声。

要拆老屋那天，父亲最先动手，搬了那架水车。父亲把那架水车搬到竹园里，还在上面盖了厚厚的一层塑料布。水车留在了竹园。

搬进新居了，父亲见我没有设计水车摆放的地方，也就没有开口问。

现在，我的村庄，要被一条从一个省通向另一个省的高速公路锋利切开。我的房子又要搬迁。得到这样的消息，父亲拉着我的手说，娃，我在生没有别的要求，下回修房前，让那架水车有个安身的地方。

我一惊。这么多年来，父亲怎么还那么爱着他的水车。

石磨

鳌山是一个一脚踏三县（临澧、澧县、常德）的地方。这地方的石匠很有名气，做的石磨和碌碡，极讲规矩和尺寸，打磨得光滑、耐看。石磨也就远近闻名。

整个伍家屋场上也有了几副这样的石磨。逢年过节，家里想磨点儿豆呀米呀之类的浆或粉，父亲除了跑腿之外，还要去跟人家说好话。然后，那些浆或粉才能磨回来。

父亲渴望有一副好的石磨，也在情理之中。他几次想到鳌山挑一副石磨回来，因了这样那样的原因，只是朝西北望望而已，最后放弃。

家里终于有了石磨。

那副赭红颜色的石磨是农机站开汽车的杨伯云带回来的。杨伯云开车到鳌山装木材，先把车弯到有石磨的地方，跟厚道的老板谈定价，就装上车，再去装木材。杨伯云回来，气色很好地对父亲说，你要的石磨在车上，自己搬下来。父亲上车一看，果然，一副石磨歇在车上，上下两扇严实地合在一起，赭红的颜色，一下就吸引了父亲的目光。

杨伯云开车走之前对父亲说，磨子要是不好使，可以去换。

父亲说，这么好的磨子，不用换了。父亲很坚持自己的想法。杨伯云走时，父亲还看到了他脸上的笑。

天还没有黑，夕阳的辉光，温暖地照着伍家屋场。磨子就像父亲的又一个孩子，他把它放在大门口，夕阳的光芒洒在大门口，洒在石磨上，洒在父亲的脸上，一切平静而自然。

越来越冷的天气里，整个屋场上的人就不用上工了，自然空闲了。父亲就在屋后的山上砍下两棵松树，乒乒乓乓地做了一副磨架，装了磨心，还装了磨柄。做好这一切，就到了年底。石磨自然派上了用场，磨豆、磨米粉、磨辣子浆。

那几天，娘在粗糙的木桶里挖出胖瘦不一的豆子，用水浸了；娘在浅浅的米缸里挖出了色道不一的米，放在面盆里；娘在缺了沿的坛子里掏出了那些剁辣椒，放在瓷钵里。石磨的嘴里一小口一小口吃了好些食物。磨子走动的声音，欢快地响在我家的腊月。

在吃过石磨磨成的豆腐和辣子浆之后，娘有缘有故地吐出一句话：白嫩脆生的豆腐，好像有沙。娘吃着吃着就有一种说不出的感觉。红色撩人的辣子浆,娘用筷子头点上,放到嘴里,舌头上辣乎乎之外,也像有细沙的感觉。豆腐里怎么会有沙呢?辣子浆里怎么会有沙呢?

父亲说,磨子的石质太嫩了,是磨齿惹的。

娘没有责怪父亲。

父亲再不用石磨了。父亲跟娘商量,磨子是杨伯云好心替我带回来的,不能用,可不能让他知道。娘依了父亲。

石磨就躺在磨架上,磨架就躺在屋头的过道上。有时候,石磨上落下很多灰尘,娘看不过去,就拿扫帚扫一扫。家里喂得有鸡,那些鸡往往歇在石磨上,落下一些干稀不匀的鸡屎。曾经崭新的磨架也慢慢变黑,石磨的颜色不再是父亲曾经喜欢的那种赭红。

石磨一躺很多年。

很多年内,父亲没有把石磨不能用的事实讲给杨伯云听,更没有讲给周围的人听。

杨伯云会不会知道这件事?

杨伯云得了绝症,躺在小镇医院的病床上。父亲跑过去看他。父亲眼里,杨伯云不再是当年带磨子回来时的杨伯云。脸上再没有笑容,再没有一点儿血色,可以用骨瘦如柴来形容了。杨伯云打起精神问父亲,那副磨子怎么样?父亲说,很好,很好使,不跑边。

杨伯云艰难地摇了摇头,然后紧紧地拉着父亲的手说,我去看过,那副磨子,你一直没用,上面满是鸡屎。我不该给你弄副石质太嫩的磨子。来世再给你弄副好的来。说完,杨伯云泣不成声。

父亲仓促回来,站在石磨边,反复地摸着那副石磨,老泪纵横。禾场上,娘看在眼里,也用衣袖擦了擦眼角的泪。

杨伯云走的那天,父亲与娘抬出磨子。娘一边站着,父亲却发了犟一般,把石磨推得好一阵空转。

秧篮

秧篮是村庄的农具。插秧时节,秧篮就是装秧的工具。它在村庄到底走了多远,走了多久,我无法知道。

在村庄,寂寞的时候,我的确需要回忆一些往事。我能够从那些往事中,看到一些真实,看到一些喜悦,看到更多的遗憾甚至苦难。

我在告别村庄的农具里面,只有不停地回忆秧篮,就像回忆生产它使用它的人一样,希望能找到秧篮拥有的风光岁月。很多时候,我的眼里是洁净的秧篮立在田埂上,是做成的秧篮摆放在禾场上。

村庄在年复一年地种植早稻跟晚稻。以前种植早稻晚稻,先是浸种,接着是催芽,然后是撒种。待那些秧苗在农人和阳光雨水的关照下长出来,长到七叶一芯就移栽到大田里,那种移栽称为插秧。这个时候,秧篮就不在仓库里沉睡,就像干旱时的一场雨,体现了它在村庄的存在和价值,很多的秧苗靠它从此田传到彼田。

秧篮的做法极为简单。就是做一个牢实的木格子底,再用两块削的光滑的楠竹片交叉做成,楠竹片落在木格子的底里,再用竹钉拴住。一般的秧篮有半人高。能多装些秧的,还不止半人高。一副秧篮多半用两年。要不木格子底坏了,要不楠竹片损了。秧篮坏了,就得拿到木匠那里修。

村里秧篮做得最牢实的木匠就是何木匠。村里的农具多,坏了自然有人修。何木匠就是专做和修秧篮的。村里有一副秧篮坏了,何木匠就在山上伐了一棵杉树。那时候,杉树极少,看得很贵重。何木匠伐了一棵后,做了一副新秧篮,又补了一副旧秧篮,再看看那些多余的木料,就拿回家,乒乒乓乓打了一个精致的木箱。何木匠原本想把木箱送给村里的胖婶的。哪知胖婶嘴快,说何木匠拿了村里的一块木料,打了一口好箱子。村里人知道了,说何木匠不应该拿村里的东西送人。何木匠就落了不好的名声,暗暗地埋怨胖婶。没多久,何木匠就得了肝腹水,肚子鼓得比胖婶的还大。坐在病床上,断气前,说,这辈子就是没把打好的木箱子送给胖婶。

何木匠生病时,就不能做秧篮了,装秧也不用秧篮了,早稻晚稻多半是撒播,生芽的谷子往大田里均匀撒开就行了。要不就是软盘育秧,把那些谷子放在软盘里生长。秧子长到三寸长,把软盘搬出来,到大田里或高或低地抛。挑秧的活儿就少了,用秧篮的机会就少了。

用秧篮挑秧的多为汉子,多为气力莽壮的汉子。有力气的汉子双腿往往陷在泥水里,肩上是百多斤的担子,自然吃力些。也有女性撑着要挑秧的。齐胖子就挑过。齐胖子是她的小名,人其实不胖,村里人要喊她齐胖子,喊惯了,齐胖子也答应顺口了。年轻时,真的是村里的美人坯子,人见人喜欢。很多男人眼馋,变着法儿整她,就赌她挑秧。秧是整她的那些男人码的,扎扎实实的一满担,要是能挑起来,许诺她不干第二天的活儿。齐胖子也不示弱,抽了插在田里的檫木扁担,弯下身子,两手扶着秧篮的楠竹片。缓缓地伸直了腰。还有男人吼,要挑上田埂! 齐胖子就迈开了步,果真一满秧篮秧就挑上了田埂。第二天,齐胖子照样出工。

分田那年,齐胖子得了尿毒症,自己攒下的钱,治完了,又东挪西借了些,病最终没好。走之前,那些跟她打赌的男人,看着她瘦得不像人样,都后悔不该让她挑一满秧篮的秧;都弄不明白,村里的美人坯子咋就要得绝症? 齐胖子走的时候,很后悔,就是不该借那些钱来治病。

分田那年,我家分到了水车,没有分到秧篮。分到秧篮的有方脑壳、行初、三本等九家。有几家不是爱农具的料,见秧篮没啥用了,就劈了当柴烧。

只有三本,把那副分到的秧篮保存了四年,一直没有派上用场,也烧了。三本那天还叫我过去烤了一次火,看着那副秧篮在火里求生。从三本家出来,我没有吱声。

我从秧篮走过的田埂上走了回来。我知道,秧篮是村庄告别最快的农具。秧篮的告别就像很多熟悉的人告别一样,说走就走了。

村里就没了秧篮。秧篮消失了,它再也不能将自己的影子延续下去。这是我在一个叫肖伍铺的地方千百次地寻找之后得出的结论。

木砖盒

我们村子里的人基本上用木砖盒做砖坯,然后把做好的砖坯晾干,放在窑里,再用烟煤来烧制,那砖坯经过烟煤一烧,就成了红砖。家家户户砌墙起屋都用红砖。那时候,家家户户都有木砖盒。有的人家还有几个。我家就只有一个。

我一直很喜欢那个木砖盒。木砖盒的规格极有讲究,盒子的内空为长26公分,宽13公分,厚6公分。便于手好使用,木砖盒的上下和两边各加长了些。

木砖盒是枇杷木做的。枇杷木做的砖盒结实,且光滑。我家粗大的枇杷树长在屋后的土坎上。那年夏天,刮了一场大风接着下了一场大雨,土坎垮了,枇杷树就倒了,接着,就死了。父亲就想到了做一个木砖盒。

木砖盒是洪木匠做的。洪木匠的手艺高过村子里其他的木匠。个子高高大大的洪木匠来到我家的时候，就一把锯子，一把尺子，一个墨斗，一把斧头，一把刨子。父亲拿出一盒香烟跟一斤谷酒招待他。吃饭之前，洪木匠脸上挂着笑，从他的衣袋里掏出七八粒糖果让我拿着。我却不敢拿。洪木匠还在父亲面前笑话我胆子小。我不知道，洪木匠在我家的禾场上怎样就把一截枇杷木变成一个结实耐用的砖盒子。等我从学校回到家的时候，洪木匠喝得一脸通红踏着晚霞走出了我家的禾场。那个木砖盒稳稳地平放在长板凳上。

木砖盒做成，我看见过那些枇杷木有过的光泽。那种非常质朴的光泽，一直定格在我的眼里。霞光自如地落在它上面，简直就是一幅很过瘾的画。

父亲用过木砖盒。父亲决定烧制一窑砖把我家的土砖换下来，木砖盒就派上了大用场。每次做完土坯，父亲总把上面的泥巴洗净，放在阴凉的地方。有一回，我把那个木砖盒拿出来放在太阳下翻看，父亲见了，说，放回去，别让太阳晒走样了。我只得依了父亲。

在我的印象中，那个砖盒子还借给了别人。其中，典水就借了一回。典水来借木砖盒的那天早晨，下了很大的雨。典水浑身湿透。他开口向父亲借木砖盒。父亲毫不迟疑地拿出来。典水来还木砖盒的那天，在我家的桌子上放下木砖盒后说了很多感谢的话，然后，在衣袋里一个一个拿出鸡蛋来，我数了一下，总共有八个。父亲要他把鸡蛋拿回去。典水说，不就几个鸡蛋？

渐渐地，木砖盒就有些旧了。后来，我发现，就是洗净了，再也看不见枇杷木的光泽；我还发现，木砖盒有一头的木楔松动了，上了一根火柴梗大小的铁钉。

父亲把木砖盒放在三楼后，我就忘记了它。一忘就是十年。

高速公路铁了心地要穿过我的村庄。父亲的名字签在很多的纸张跟表册上后，他知道，建好的楼，就要拆了。

我从三楼一件件东西往下搬的时候，发现了那个木砖盒。木砖盒干瘦，

身上是灰。我握在手里，从三楼下到一楼，站在僵死生硬的水泥地上。

五月的阳光照着我，照着木砖盒。我没有把木砖盒的存在告诉现在行动有点儿迟缓的洪木匠，尽管他是木砖盒的制造者；也没有告诉房子修得气派的典水，尽管他也曾是木砖盒的使用者。木砖盒很快就要告别我，就要告别村庄。

我再也感觉不到木砖盒的重量，再也感觉不到木砖盒有过的风采和青春。

我再也握不住木砖盒，松开手指，"咚"的一声，木砖盒在水泥地上发出最后的叹息并落下灰尘。

五月的阳光落在木砖盒上。一时间，我觉得，离木砖盒很远、很远了。

Zhi Shang Cha Yuan

纸上茶园

红红的高粱

站在坡地,我就想起一个人,想起逢春叔。

在坡地种高粱的只有逢春叔一家。

每年春天,逢春叔就在坡地里种下高粱。逢春叔的高粱经风一吹,就齐刷刷往上长,往上绿。那一道高粱像一道屏障,隔开了地里的其他作物。好多人说,逢春的高粱就是一道风景。

高粱不是逢春叔一个人种下的。往往,他还喊上他的女人。女人个子大,地道的北方人,原本就是种地的能手,也愿意帮他。只要逢春叔一声喊,女人就下到地里,两个人就在地里有说有笑地下种,就在地里有说有笑地上肥。

我在逢春叔的高粱地头走过。那高粱叶的绿就晃过我的眼睛,那叶上的露珠就打湿过我的手掌。还有,那抽出的穗在朝阳里用同样的姿势,吸引了我的目光。我在逢春叔的地里有过很长时间的停留。停留的那段时间,我还生出这样的想法:娘咋不在地里也种一些高粱?

我在逢春叔的高粱地里站过。从村庄南面吹来的风,吹得那些高粱唰啦啦响。高粱一夜之间,就红了头。高粱红了,像凝固的血液,无语,亦无梦。我还看见几只毛色有点儿黄的鸟在高粱的顶端啄那些高粱籽,啄得几棵高粱一颤一颤的。那一刻,我决定哪儿都不去了,继续站在高粱之中,闭上眼睛。

对面的坡地,对面的高粱,我伸长脖颈观望它,睁大眼睛看着它。逢春叔的高粱温暖了我的想法,也温暖了我的少年。那些少年的目光,那些少年的游戏,那些少年的纯真,有极小的一部分是红红的高粱给我的。这样的温暖,这样的喜悦,我一直暗暗享受,却没有告诉逢春叔。

天高云淡的秋后,逢春叔就割下那些高粱,成捆成捆地背回来,放到自家的禾场上,轻轻敲掉高粱籽。他再把高粱籽放到禾场上晒干。入冬后,闲着没事,他就把那些高粱籽送到邻村的一酿酒人家,愿意出钱酿回高粱酒。

酿回高粱酒,逢春叔的女人就做几碟几碗小菜,小菜做得有滋有味。逢春叔一口一口地饮着酒,把小日子过得有滋有味。女人则有声有响地抱出那些高粱秸,朝逢春叔面前一放,说,喝了酒就扎高粱扫把。逢春叔就一把接一把地扎。一把把的扫把码得一人高了,再挑到铺子里,准卖个好价钱。

来年,逢春叔又在地里种下红高粱。

很多年来,逢春叔活在红高粱里。逢春叔跟村里人聚在一起时,他总是说到高粱,说到高粱的过去,说到高粱的高矮,说到高粱的好。看来,高粱给了逢春叔酒的芳香,也给了他扫把的喜悦,更给了他跟人交流的话题。

逢春叔一家去了城里。走之前,逢春叔执意要带上一些高粱籽,说是到了城里,也要种一些高粱。他在城里有没有种下高粱,我不知道。

我也活在逢春叔的那一道道红红的高粱里。看见高粱,我就想起秋高气爽,就想起天高云淡。

坡地很远。坡地很静。逢春叔一走,我就没有看见那些高粱,就没有看见那绿绿的屏障。没有了高粱,坡地就不是我朝思暮想的坡地,同样,村庄就不是我朝思暮想的村庄。

模糊的泪眼中,是很多高粱的花朵开在夏天,是很多高粱的果实挂在秋天,是红红的高粱保持多年前的性格。

站在坡地,我却喊不出声。

一垄玉米

　　一垄玉米离我很近。

　　一年前，我在坡地看到了翠绿整齐的玉米，看到了玉米的平静，也看到了玉米的饱满。

　　在那个已经过去的有点儿陈旧的中午，我来到了雨水曾经走过的坡地，来到了玉米的身旁。那个中午再没有一个人经过坡地，经过玉米的身旁。玉米是我熟悉并且容易走近的植物。我熟悉它们的花期，熟悉它们的生活习惯，熟悉它们被风吹动的样子。

　　我很容易地走近了玉米。玉米就一垄。垄上的玉米一棵棵站在微风里，没有重量的阳光落在玉米叶上，跳荡着金属般的光泽。每一棵玉米的形容，都是那般清洁，都是那般美好，都是那般心无杂念。我感觉到，一垄玉米就像一首如梦令。我感觉到，一垄玉米发出了轻微的声响。那些声响如同我两手翻弄健康的菜叶时发出的。我发现，玉米在相互说话，一棵玉米在告诉另外的一棵玉米，关于村庄的方向，关于爱情的方向，关于雨水走过的方向，关于高速公路就要经过的方向。

　　我用目光一棵棵地数着玉米，且慢慢地数着，数着玉米的花朵，一朵两朵无数朵；数着玉米的果实，一个两个无数个；数着玉米上的蝴蝶，一只两只很多只。花朵有着美丽，果实有着饱满，蝴蝶有着轻灵。那个中午，我忽然心生一种感动，终于克制不住自己，把自己也数了进去。在那块坡地里，我想象着玉米的过去，想象着玉米的将来。我没有忽略这样的事实，玉米站过的坡地，会是很好的坡地！玉米走过的季节，会是很好的季节！

我把自己藏在玉米间。在玉米间穿行，那些柔弱的叶子舔了我的手，舔了我的腰身，有的还舔了我的脸。我停下脚步，就听见娘在家门口大声喊我，喊我的乳名。我就听见天上的白云在喊我，接着听见飞动的鸟在喊我。同样是喊着我的乳名。我真真切切回到了玉米中间。

有了玉米的村庄是完整的村庄，有了玉米的夏天是完整的夏天。有了玉米的中午就是完整的中午。同样。站在一棵玉米与另一棵玉米之间，我无法抗拒它们的高，无法抗拒它们的绿，无法抗拒它们的真实。我很想把这样的玉米保存在夏天，保存在村庄，保存在眼里。

从玉米地里出来，娘差点儿认不出我，白云差点儿认不出我，飞鸟差点儿认不出我。

在我看来，那一垄玉米是一场梦与另一场梦之间的提示，也是停顿，这种提示这种停顿会很快结束。就像玉米快速地生长，也极有可能快速地离开。

站在那垄玉米中间，我没有必要弄清楚是谁在坡地种下了它们，更没有必要用意外的章节来描述它们经历的一切。它们同样是坡地的过客，有时可能是一阵轻烟，有时可能是一段回忆。

我不能把它们从坡地带到离我三百米的家。甚至，我不能把它们带到更远的城市。属于村庄的东西就在村庄里消失，就在村庄里喊着疼痛离开。

果真，一年后，高速公路经过了坡地。玉米的青春顺从了高速公路，一晃就过去了，剩下的只有高速公路上呼啸的车声。高速公路伤害了坡地，伤害了玉米，从铺上水泥开始，我想，玉米在此生长，再没有机会，再也看不到那一垄翠绿的玉米饱满的玉米。

玉米选择了死亡。没有玉米的村庄，不再完整。

一垄玉米，离我很远。

燕 子 的 家

今年春天，我看见几只燕子在我家的楼板跟墙壁间筑巢。

在此之前，它们是在一个雨天从千里之外的村庄来到我的村庄的，来到我家的门前的电线上。它们的目光很专注地看着我家大门上的楼板跟墙壁。我想象过它们黑黑的翅膀上春雨的湿意和春风的轻盈。

它们要在那块楼板跟墙壁间建一个属于它们的新家。

我不知道，这些燕子是不是去年来过的燕子。我无法从它们飞行的方式和身体的颜色来进行辨别。是也好，不是也罢，我却喜欢着它们的到来。很清楚，去年的燕子，已经在楼板跟墙壁间建了一个巢。巢已经有些旧了，旧得外表上的泥土时常落下一些土屑，旧得像一个不愿翻动的词，旧得像一句不愿再朗诵的诗。巢的颜色更接近泥土。

燕子们初来，我发现，有一只燕子还快捷地钻到巢里，很快就出来了。

它们从门前的田里细心衔来潮湿的泥巴。每一只燕子都很辛勤，把一嘴的泥衔来，很认真地垒在一起，又飞向了那些生长水稻和油菜的田边，飞向那些白鹭跟青鸟歇过的田埂，飞向那些长着茂盛青蒿和车前草的田坎。它们的每一次飞动，都带来收获。

在走廊上，我听到了它们的对话，听到了它们的呢喃，听到了它们对一个村庄的赞美的声音。

四月过去了。

五月过去了。

看来,它们要花很长一段时间来筑巢。

它们的巢还没有建好。

今年春天,我没有把内蒙古二连浩特到广东广州的高速公路要穿过我家的消息告诉正在建巢的燕子们。曾经,高速公路拆迁办的工作人员和那些说话嗓门很大的村干部对我家占有的住房建筑面积和那些生活设施进行了登记,然后在那台想说话又说不了几句话的电子计算器上进行了计算。曾经,那些工作人员拿着政府出台的文件张贴在我家整洁的白墙上,还拿着相干和不相干的表格让我逐一填写和签字。

做完这些,我知道,过不了多久,我的房子将空荡荡;过不了多久,我的房子将夷为平地;过不了多久,我的房子存在的地方将成为那条横穿几个省的高速公路上没有人知道的一小段路基。

还是在走廊上,我无语地看着那些筑巢的燕子。

我就来了担心:住房一旦拆除,那么,燕子的家,就不再存在。

这个时候,我又生出后悔。后悔它们不该来到这样的村庄;后悔它们不该来到我家门前的电线上;后悔它们不该在我家的楼板跟墙壁上筑巢。

现在,我不能赶它们走。一旦赶走它们,它们会对我生出敌意,会对村庄生出敌意;一旦赶走它们,我过去对它们的喜欢,在它们看来就是一种虚假,绝对的虚假。

现在,我束手无策。

现在,我站在燕子们垒好一半的巢下,强忍眼里的泪,再不看那些欢快垒巢的燕子。

纸 上 茶 园

　　我的眼里,麻王山的茶树上一直包裹着绿。那绿摘下了,又长出来。我采茶的地点在麻王山。麻王山在村庄的东边,距村庄有十多里。麻王山大,茶园不大,就在麻王山的腰里。

　　采茶多在谷雨过后,谷雨一过,那茶树上的叶子就一片比一片亮。那亮亮的叶片不摘下来,就老了,做茶就不合算了。到麻王山采茶,是邻居青衫邀我去的。青衫比我大两岁,在我跟她采茶时,就已经在麻王山的茶园里采了两年。两年里,她把采茶得来的钱拿出来,让她娘为她做了一套夏衣,还做了一套冬衣。冬衣是套红棉袄红棉裤,穿出来,青衫就比平时多了更多的光彩。青衫一邀我,我就答应了。青衫还同管茶园的人讲好了的,八分钱一斤茶叶,回来的时候,就可以跟管茶园的人结算。

　　我是背着父亲给我编织的精致的篾篓去的。刚出门,青衫就羡慕我,说我的篾篓好。她其实是羡慕我爹,将编织篾货的手艺发挥到了极致。一路上,青衫嘴里哼着歌,她哼的那些歌,我叫不出名。

　　第一次到麻王山,我就惊奇它的大,惊奇它的高,惊奇了好一会儿。看见那些满头都是绿的茶树有的比我高,有的比我低,我也惊奇了好一会儿。到了茶园,我看见20多个人站在茶园里采摘春天。我跟青衫开始采茶,采一把茶叶就朝篾篓里放,很轻松的。

空气是清新的，麻王山是绿色的。每一株茶树上仿佛冒着绿色的泡泡。青衫朝哪一行茶树里走，我就跟她走。采茶的时候，我还看见青衫的手指很快地在茶树上跳动，像弹琴。我学着青衫的样子采，总觉得没她那么上手。青衫采茶时，嘴里仍旧哼着歌。那歌声细细的。除了她自己听到外，再就是我能听到。

我们在茶园采茶没有中饭吃，只有水喝。要是口干了，可以到茶园门口喝井水。我和青衫经过茶园门口时，看见茶园门口有口水井。满了的井水，还漫不经心地流出来。青衫说，渴了可以喝口井水。

那一天，青衫跑到井边喝了两次水。可能是歌哼得太久了。每次喝水前，她叮嘱我，一定看好她采下的茶，别让人家取走了。我答应了她。喝了井水回来，她都表扬我，看好了她采下的茶。我一直没有去喝水，口也不干。

到下午，天气有点儿变化，就下起了不疾不缓的雨。雨像一些粉丝在茶园的上空纷纷扬扬。雨落在茶叶上，我明显地感觉到，手再采它，就有点儿滑了。我问青衫还采不采。青衫说，还采，雨不会长久的。青衫没有停下来的意思，手指仍在茶树上跳动。果真，雨就慢慢地停了下来。我看了一眼青衫，青衫的头发湿了，睫毛也湿了。到黄昏，青衫说，不采了，交茶叶去。

一篓子茶叶才十三四斤。青衫比我采得多一些。管茶园的人很热情，结算之后，仍旧要我们明天还来。回来的路上，我就把这一次采茶的经历深深地植入我的记忆中。

第二天，青衫过来再邀我。我再没有去采茶。

第二年，青衫过来再邀我。我再没有去采茶。

后来，青衫就长大了，就出嫁了。嫁到了澧水滋润的村庄。

我每次去城里，都要经过麻王山脚，每次都要看一眼它的青翠欲滴。

高速公路经过我的村庄的时候，我为麻王山也捏了一把汗。高速公路会不会刀子一样锋利地切开麻王山的皮肤？回答是肯定的。

因了这样的原因，我再次来到麻王山，再次来到那个茶园，再次来到那口青衫喝过水的井边。谁也不会制止，谁也不能制止那些狂妄地机器将那个茶园肆意毁灭。果真,那些在机器的口中喘息的茶树成为我心头的伤,成为我心口的疼。

站在那些比我矮比我高的茶树前,我不能把这样的消息告诉生活在澧水的青衫。那些给她带来歌声带来红棉袄红棉裤的茶树,很快成为过去,成为纸上的文字,或者笔墨。唯一的想法就是,不想让她跟着疼。

白 鹭 为 邻

老屋对面的一座山,叫活树岗,山不高,老人们在山上没留下什么,就留了一山树。树多,且密。山有了树,便于鸟歇,便于鸟来安家。

很多鸟在山上安了家。白鹭也一样。

我对飞来的白鹭有过长时间的眷恋。它们轻轻歇在树上的身影一直晃动在我的眼中;它们缤纷的叫声一直在我的耳边回响。我经常站在村庄的低处观望它们,带一些关于它们的故事回家。走出村庄,我把这样的细节告诉不曾看见白鹭的人。

可以说,我几乎一日日生活在白鹭的故事里,那一行行飞来的白鹭,在田野、在山冈、在树梢、在池塘边、在我看得见的地方,无语地鲜活了曾经呆板的目光。我不停地在牧歌四处随风飘散的田园跟随它们的一路叫声,跟随它们的执着的魂灵,直到我生命的尽头。

因此,每年飞来的白鹭,让我兴奋让我幸福。村庄因白鹭的到来而质朴而富有。白鹭像一些淡淡的细碎的白云移动在我观望的天空,然后慢慢地歇落在山上在树上。这时候,山是站着的风景,树是山上坐着的梦想,白鹭是树上跳动的音符。

我大胆地热恋属于村庄的灵动的白鹭,那种热恋的程度让我怀疑,神经是不是出了一点儿毛病?有时忘了吃饭;有时忘了回家;常常在有月光的夜晚对山冈作长久的沉默;常常在山脚有过绵长的呼喊。

我非常欣赏那些坚韧挺拔的大树和灵动多姿的枝丫,以一种格外宽容和纯朴的姿态来让白鹭不厌其烦地居住。这些年,白鹭能够往事一般如约飞来,不断地成为我为村庄骄傲的内容,不断地坚定了我坚守村庄的信心。

我热恋的白鹭不再飞来。

我的观察一点儿毛病也没有出。村里很多人曾经真实地告诉我,这一回,白鹭真的没有来。我不断地寻找一些理由。去年的冬天,渐渐寒冷的天气并没有改变一种狂热。对面的山脚下,呈现了热火朝天的景象。那些从澧水流域过来的移民开始砍树,开始开地,开始高标准地建房。活树岗不再安静,树不再完美,那些移民住进了舒适的屋宇,挥泪告别了澧水流域的生活和习俗,他们的说话甚至吵闹渐渐成了白鹭不再来的理由。

过去,我错误地认为山是鸟的,山是白鹭的。看来,我的确是错了。

以前,白鹭的到来,有没有赶走其他的鸟,我不知道,但是,移民的杂沓的脚步在山边杂沓地响起,真真切切赶走了白鹭,赶走了白鹭画一样的身影,赶走了白鹭的美好想法。他们压根儿没有想到那些给我带来快乐的白鹭;没有想到留一些宁静留一些舒适给白鹭。

白鹭显然没有错,移民显然没有错,那是村里的领导强烈地要求移民的,移民来,村里得到了不菲的移民资金,暂时福及了多数村民,那些村民手接一扎扎沉实的人民币时,脸上洋溢了多年没有的笑容。很多村民拿到钱后,当天就打了酒买了肉,开始了狂欢。领导没有错。村民没有错。

错在哪里?

难道是我错了,不应该对白鹭有那么深的感情?

白鹭不再飞来。

天空空空荡荡，树上空空荡荡，再也看不到白鹭飞动或歇落的诗行。回忆那些白鹭飞动的时光，回忆白鹭烟雨之后的背影，我泪流满面。

一棵柿子树

在村庄，柿子树不多，尤其像我家门口那么粗的就更少了。

柿子树粗，粗得两人才能抱住。除了粗，就是高，高得歇在顶端的黑鸟，小得像一只黑蚂蚁。

很多人把我家的柿子树挂在嘴上，走到村外，他们就炫耀：你们没见过我们那里的柿子树，那柿子树大呀！那时，我就知道，他们炫耀的是我家的柿子树。柿子树成了村庄对外的一种提醒，成了村庄对外的一种标志。

我一直听着柿子树生长的声音长大的，它往上生长的速度，我知道；它往上生长的心事，我知道。它要看清整个村庄的风雨变幻；它要记住整个村庄的人情世故。

那时候，树下因父亲的打扫变得异常干净。柿子树常常落下几片叶来，枝上歇着的鸟还落下一些鸟粪来。父亲总是拿着扫帚，在树底下轻松打扫，扫走那些树叶还有那些鸟粪。我弄不清是为了什么，就问父亲，扫它干什么？父亲说，扫干净了，好开会。

果真是屋场上的人聚在一起开会。性格刚毅的组长憋足劲总是哨子一阵猛吹,然后说,到柿树底下开会。我看见很多的大人小孩陆续地来到树下。会还没开之前,人们议论最多的还是柿子树。于是有人发话,这树又长了。接着就有人说它的枝,说它的叶。开完会,还有人回头无语地望望。

常在柿子树下开会,成了娘的担心。娘对父亲说,柿子就要熟了,还开会?父亲说,我已经跟组长说了,不在树下开了。等柿子熟了,给组长送一篮子过去。

父亲还是将树下的空地打扫干净。组长除了刚毅之外,也有点儿滑稽。远远地看,柿子一个个像灯一样亮了。组长就不在柿子树下开会了,更换到另外的地方。会上,有人闹不明白,在柿树下开会,好好的,咋又换了地方?组长说,要是在柿子树下开会,参会的人,心事就在柿子上了。

柿子熟了,父亲果真送了一篮子过去,组长坚持不收,要让父亲提回来。娘望望父亲,父亲望望娘,最后,娘说,组长,送了一场,怎么也要吃两个。组长才伸手接住娘送的柿子。

柿子树见证了我的童年,后来又见证了我的少年。我总是以散步的方式走到它身边,看它高高的枝丫在春天里怎样发芽,看它在秋天里怎样把一个个柿子像灯一样点亮,看自家屋顶的炊烟是怎样一扭一摆地缠绵到它的顶端。

我害怕柿子树哪一天哪一夜从我的眼中离去。

柿子树是写在我日记中最完美的一个词,我常常翻开我的日记本,不断地朗诵这个词,熟悉这个词。我经历的夜里,这个词是燃着的灯,周身滚烫着无尽的温暖。柿子树是我夹在画夹中的一幅画,没事的时候,我拿出笔,在它纵横的枝丫上,认真地填上一只只生动的喜鹊,填上一只只彩色的鸟,柿子树成了我童年和少年生活的重要内容。

20年前,我在村庄,与柿子树朝夕相处,它开花结果的日子,一直是我眼里的故事,是我眼里的幸福。

15年前,我在北京,柿子树成了我对南方的思念,成了我对一个人的思念,一昼夜的车程,我不能回来看它。

10 年前,我在长沙,越来越近的想法里,我却不能抵达秋天,不能抵达柿子树,两个小时的车程,我还是不能回去看它。

现在,我在常德,在共和酒店高高的顶楼上,朝西北而望,深邃的天空下,起伏的山峦无情地遮没了我的视线,只任秋风往事一样带来柿子树的某些信息,风从村庄的方向来,夹带的是桂花的香味。我想,柿子树一满树的橙红,是不是等我来看?

门前玉兰

门前玉兰起初没有我高,不出两年,它就高过我的头了。

我跟玉兰之间有过约定,那就是我走,玉兰就走;我留,玉兰就留。

又过了两年,我就在它的浓荫下来回走动,就在它的浓荫下生活。在我的生命中,玉兰是我喜欢的树种。喜欢它的叶子,喜欢它叶子上的油绿,喜欢它的花朵,更喜欢花朵上飞舞的蜂蝶。

只要在家,我就要看它无数眼。出门在外,我就想它无数回。望眼欲穿的玉兰成了我生活的一部分。

春天的玉兰带给了我感动。它一不小心,就开了花,一朵一朵的,很白。站在树下,我常常拿来跟屋后沧桑梨树上梨花的白比较,还跟墙头低矮杏树上杏花的白比较。我觉得那种比较很有意思,也觉得那种白是一种耀眼的白,更是村庄不可缺少的白,白得干净,白得清爽。特别是那些微胖的蜂或

者蝶,要么早晨就睡在花朵的怀里,要么醒在花朵的梦里。我的目光也因此长久地停留在花上,那些蝶恋花的场面,让我感动。我感动着玉兰的感动。

夏天的玉兰让我安静。花朵离开的日子,玉兰仍旧安静。站在树下,我常常拿它跟梨树比,也跟杏树比。梨树上,那只夏天声短声长地叫的蝉是我讨厌的,我不喜欢那样的声音在梨树上响起。那些专啄杏树上熟透红杏的鸟,我是讨厌的。我不喜欢那些鸟弄得那些枝叶颤抖。只有玉兰安静,蝉不歇,鸟不歇。我安静着玉兰的安静。

经过门前的人说,那株玉兰长得好看,那些花朵开得好看。那些由衷的赞叹,玉兰有没有听到?

玉兰有着良好的生活环境,并且保持良好的品德站在门前。从南面吹来的惠风,一次次地经过它美丽的头顶和腰身。每吹一次,玉兰就长大一次,还有,落向村庄的雨一次次梳洗了它的头。每洗一次,玉兰就清新一次。

渐渐地,玉兰就成了门前的标志。

我常常坐在安静的玉兰树下,回忆玉兰的过去,展望玉兰的将来。玉兰是我亲手栽下的。我在门前的空地上打了一个足以让玉兰落脚的坑,埋下了玉兰所需要的养料。在它生枝发叶的春天,我觉得,完全可以和它续一段树缘。往后的岁月,它应该可以长成一棵好大的树,长成一棵好看的树。

现在,一条从一个省通向另一个省的高速公路,就要经过它的身边。移开它是肯定的。也就是说,它要寻找另外的坑寻找另外落脚的地方。得到那样的消息,我在玉兰面前站了很久。

怕它难过,甚至怕它失望。我没有要把移动它的想法告诉它。

接下来,是我跟玉兰之间的沉默。

一定要转移它! 并且一定要栽活它!

玉兰还没有弄明白,我就在它的脚下动土。一锄下去,伤到了玉兰的根,那一天,伤到了玉兰的一生。玉兰哗啦一声倒下了。

玉兰走上了通向家园的路。一路上,我用手护着玉兰的枝,眼泪却一滴一滴地落在它的叶上。

Xia Tian De Qing Ting

夏天的蜻蜓

鸟巢

这个春天，我看见了去年熟悉的柳树，看见了去年同样熟悉的鸟巢。在我行走的村庄，我想：失眠时，一棵树就够了；失恋时，一个温暖的鸟巢就够了。

那棵安静的柳树在村庄生活了很多年后，仍旧穿越了冬的寒冷，仍旧像一个温暖的词站在村庄，我的眼里不能没有它。鸟巢是柳树的一部分，是柳树极小的一部分。柳树没有拒绝鸟巢，没有拒绝鸟巢的细小，没有拒绝鸟巢的颜色，没有拒绝鸟巢的重量，更没有拒绝鸟巢的心情。

鸟巢是去年春天在树上出现的。去年春天，几只喜鹊在柳树上吱吱喳喳，在柳树上蹦蹦跳跳。吱喳完后，蹦跳完后，它们不论远近地衔来一些细瘦的树枝，就在树上筑巢。没几天，巢的轮廓就出来了。

巢越筑越大。巢越来越黑。远看，黑黑的。近看，黑黑的。

鸟巢的出现，让我感动。有了鸟巢，柳树就是我喜欢的柳树。我常常想，鸟巢是柳树结出的一枚果实。这枚果实，就应该让它来好好保护，好好牵挂，好好孵暖。

还是去年春天，我看见那些黑白身子的喜鹊就在巢里出没，就在巢里喜悦。这样的场面，完全是画。

屋场上最喜欢喜鹊的是恩珠嫂。有一年，恩珠嫂的禾场上飞落一只受伤的喜鹊,她家的小花狗就跑过去咬。恩珠嫂一见,三步两步奔到喜鹊前,双手握住了喜鹊。等到喜鹊的伤养好,恩珠嫂就把它带到山冈上放飞了。喜鹊吱喳了几声,唰地扇动翅膀,飞走了。只留恩珠嫂无语地站在山冈上。

喜鹊在柳树上筑巢安家。我是多么愿意也迫不及待地把这样的好消息告诉恩珠嫂。来到恩珠嫂的屋前,见她的家门紧锁着。原来,恩珠嫂远离村庄远离农事和雨水去了城里,做了一个漂亮女孩的保姆。

后来的日子,是大喜鹊领着小喜鹊一起飞,一起飞到那些翻耕过来的田里,一起飞到那块长着庄稼的坡地,一起飞到那些开过桐花结过桐籽的树上,一起在巢里度过寒冷。喜鹊们在一起生活,在一起吵闹。恩珠嫂没有看到这样一群喜鹊,没有看到这样的场面,也没有看到这样的画。我不知道,恩珠嫂会不会后悔?

过完春节,我仍在村庄里行走。发现那棵柳树还在,发现那个鸟巢还在。春天一天天过去了,我没有看见那些飞来飞去的喜鹊。那些生动的喜鹊会去哪里?

鸟巢高高。阳光很好的午后,我站在柳树下,抬头看鸟巢。鸟巢离地很远,不能用手摸它,不能走到它的身边。唯一能做的,只能用目光打量它。可是,我看不见鸟巢内的一切,看不见鸟巢拥有的一切秘密,只有天空的太阳很放肆地晃了我的眼睛。

仅仅一年,我离鸟巢,究竟有多远?

鸟巢空空。夕阳西下,我站在柳树下,站在鸟巢下面。没有喜鹊来居住的鸟巢,我不能想象它曾经的重量,不能想象它最后的结局,更不能想象它还能在柳树上存在多久。只有夕阳的余晖擦热了我的额头。

那棵柳树让人买走的那天,绿绿的叶子像衣服一样包裹了柳树生长的枝丫。来到柳树下,我看见四个年轻力壮的汉子在轮番地锯树,每个人的身上都锯出了汗。

柳树倒下的那刻,来不及呼喊一声,我看见那个曾经让我感动的鸟巢快速地划了一道弧,仅仅划了一道弧,就听到了一种破碎的声音。然后,鸟巢,以死亡的方式，回到地上。

村庄再没有大树。这个春天，我再没有看见一个像样的鸟巢。渐渐觉得，倚树看鸟巢，简直就是一种奢望。我边行走边怀念的村庄，鸟巢，离我越来越远。

萝卜幸福

门前的菜园，不大。心情好的时候，我就在菜园中栽一些菜，那些菜心情好的时候，就开一些黄花儿蓝花儿紫花儿给家园看给村庄看。往往，通过那些花儿深情的表白，或大或小的声音跟或明或暗的身影，便引来很多瘦小的蜂和肥大的蝶。

小时候，我时常看见娘在白露时节，用一双已经粗糙的双手一锄一锄地打开地皮，用一秋的心思一瓢一瓢浇上粪水，用一冬的希望一把一把撒下萝卜种子，然后在那些地皮上盖好稀疏的稻草回家，只留下幸福的萝卜在地里幸福地长。

我还看见娘在冬日的阳光下，把在园子里拔来的萝卜，挑到菜园外裹着水雾的池塘边，在清水飞溅的码头上一个个地洗净。那些萝卜在娘的担中像一个个熟睡的孩子，一个滚儿也不打地回到家中。多年后，我还想象得出来，那些萝卜的白色一直晃着我的眼睛，成为我看事物的亮色。孰黑孰白，一看萝卜便知。

娘挑回那些萝卜，在老式菜刀的关注里，一个个地破成片。特别是萝卜成条时脆脆的响声一直响在我童年的耳朵。娘细心扫出一块地，一呼啦铺上一张我在上面打过滚的篾垫。常常是一篾垫一篾垫的萝卜在阳光里晾干，晾成无数条瘦瘦的蚯蚓。我就坐在篾垫旁看篾垫上的萝卜入迷入神。

萝卜不断地在我的生活里成长、鲜活，每一个细节都能牵动我的神经。多年后，我也学着种萝卜，并且能想象得出萝卜的幸福。

依然学着娘的样子，在天高云淡的秋天里下种。种下的萝卜安心地在园子里发芽，一窝子里挤两三个萝卜的兄弟，柔情似水，整日里相互对视，那些绿绿的叶片极健康极精彩，多像萝卜质朴的衣衫。很多次，我发现，写在萝卜上的阳光是我无语的心事。秋雨滴痛了萝卜的衣衫，那挂在萝卜衣衫上的水珠是多年淡了又浓的相思。我常常在萝卜前站立，直到那些萝卜的眼里尽是我的身影。

菜园很少有人来，一天之中，都是我的脚步一段段踩醒萝卜的好梦。我已把萝卜当成我倾诉的对象，当成我难得的知己，身心疲惫之时，很想跟萝卜一样默默笑对秋风秋雨笑对浓霜大雪。有萝卜在，我是幸福的。有我在，萝卜是幸福的？

很多夜晚，萝卜让夜爽爽快快吃进肚，天一亮，又轻轻松松吐出来。我时常感到园子里很静很静，轻轻地只能听到严霜的声音，时常希望园子的这种静能永远保存下来，像油画一样描摹在村庄的画框里，尤其是萝卜的安静萝卜那种简单质朴的情怀能够保存下来。

鸟不飞进菜园的日子，用手抚摸萝卜的额、颈，手指走过的地方就能感受萝卜的心跳，那种心跳始终是均匀的。我在萝卜扎根的土地上想：萝卜是不是保持一种极其平淡的心态？是不是用一生的情怀制造冬天的安静？

冷冷冬日，我还能看见萝卜的这种心态，还能感受萝卜带来的一部分温暖；我还能在萝卜走过的路上看见它们的幸福，回过头来想，我是不是幸福的？

穷居乡村，冬天再冷，一年年，我真真切切感受萝卜的幸福。与冬俱进，与萝卜幸福。

萝卜的幸福，就是我的幸福！

清贫菊花

这辈子注定爱菊，菊陪我走很长的季节，陪我走很长的路。

懂事那年，父亲把我放在秋天的路边，我的目光里全是开放着的菊，一直晃着我的眼睛。那时，我感觉到了菊的真实。

恋爱那阵，我跟睫毛很长的女友的爱情，隔着的是一丛野菊，绕过那丛菊，我们说着情话，甚至有过短暂的拥抱，那一切，只有菊知。我看见女友脸上的笑和她执意离开时的身影，没有流泪，亲亲的野菊陪了我曾经孤独的一个下午。

我在老屋后的院子里栽下了菊。瘦瘦的菊守着小院，守着清贫，简单朴素地生活着，生活在我的视野，生活在我的生活里。

院子里的菊身负清贫，褪去了浮华。从落根的那刻起，我心里就有它，有它好好的位置存在。有空儿，我走到它面前，然后，虔诚地站定，读着它的叶片，读着它叶片上的晶莹露珠，平平仄仄地一读半天，读出铿铿锵锵的味来。

过去的日子，我不知道，它是不是一惊一乍的生活？

父亲把田里干燥的稻草挑回来，想择个地方堆放。我不知道父亲眼里

有没有菊的位置？有没有菊的存在？他把稻草严严实实地压在菊上。等我知道后，我发疯一般甩开那一把把稻草。父亲以为我疯了。当我用双手扶起让稻草压低的菊时，父亲只得无奈地给稻草换了一个地方。

我很惭愧，对菊花的呵护太少。

可能是命中注定，菊花还有沉重一劫。那一天，早上出门，我见菊花好好的。回来就见菊花没了生气，蔫头耷脑的，叶片很零乱思绪也很零乱。我急着问头发花白的娘。娘说，是村主任家的狗和邻居家的狗凶凶地打架造成的，村主任家的狗还踹了菊花几腿。我极为痛心地扶起受伤的那一枝，用细细的绳子缠绕结实。后来，我发现，那一枝居然活了过来。

清贫的菊，我望着它，有时像望着天空的大雁一样，有时像望着田中的水一样。清贫的菊，我读着它，就像读着手机里的温暖短信一样，像读着当年女友给我绵软的情书一样。清贫的菊，我爱着它，爱着它的色彩，爱着它的结构，爱着它健康的思想，爱着它极为清贫的模样。它给了我对很多花朵的认识，同时，也给了我对很多花朵的爱恋。

爱，从清贫菊花开始。

很多时候，我敢说，它没有对我一丁点儿的要求，更没有向我索取一捧水一捧肥的举动。它依然清贫，它在村庄里自然地清贫，在村庄里高贵地清贫。在它的清贫里，我感受到了锋利和坚硬，感受到了丰富和满足。

无人的黄昏，我大声地喊它的名字，不管它听没听见。空旷的早晨，我面带幸福地对它微笑，不管它看没看见。菊的青春，在门前，在暖暖的阳光下，轻轻一晃，就过去了。

清贫菊花，是我眼里最好的景致。很多时候，我在想，能安静下来，不容易；能保持清贫的本色，更不容易。清贫菊花，是我一生中最好的朋友，它给了我真实，给了我丰富的韧性，它给了我逆境中的生存法则，那种真实，那种韧性，我一辈子受用。

寒冷将至，院子里仍是清贫菊花弥漫的清香。

小白菜

　　我对小白菜心存敬畏。可以说，是小白菜滋润了我的胃，养活了。

　　在我的家乡，在我家的菜园，生长着无数的小白菜。一茬茬的小白菜有青有黄地连接了岁月。我所说的小白菜，通常是见雨油绿，遇春抽薹开花的那种，也就是叶不宽大，茎不白，花开出来就跟油菜花一样的那种。

　　白露种萝卜，秋分打红枣。小白菜多半是在白露后下种，比萝卜种得稍晚一点儿。对小白菜的种法，我跟村里人一样，不怎么讲究，籽儿顺手朝平整润透的垄上一撒，潮湿稀疏的稻草一盖，秧苗儿就在垄上探出头来。也有掏窝子种的，便于上肥。每次看见那些有着渴望的小白菜长在我热爱的菜园里，心里就有说不完的高兴。

　　我种过几回小白菜。每回都种得多，满垄都是。那些栽不完的白菜种，有人要，我就决定送人情。我送过文叔的人情。邻居文叔，那年在城里艰苦打了多半年的工，一包钱让一个跟他睡了半个晚上的女人骗走了。他沮丧地回来，见满园子荒凉，就发誓不外出打工，就发誓栽好菜，好好生活。那天，他在我家菜园里拔了几把小白菜秧，栽在他的菜园，没些日子，那些小白菜有的是健康。我也得过人家的人情。有一回，我种的小白菜让不听话的鸡们刨得蔫不啦叽的。我就求了齐嫂。齐嫂二话没说，一大把的小白菜苗，送到我的菜园子。

谁来证明你的马

后来，各家各户种大白菜后，自然，我就放弃了种小白菜。

小白菜的做法有很多种，有爆炒，有清炖。尤其是榨辣椒和小白菜和在一起，吃起来，怎一个爽字了得。

我经常是吃那种和榨辣椒和在一起的小白菜，直到吃出头上的热汗身上的热汗来。

有一回，我跟同村的十几个人在鼎城区八官垸冬修工地上就吃了一大锅炖小白菜。那年，八官垸断堤进水，水退了，就修堤。堤修好，我跟十几个人没急着回家，就在大堤边的一户人家，炖了一锅小白菜，十几个人围着那口锅，吃着热气腾腾的小白菜。有几个人还一口谷酒一筷子小白菜，边吃边讲笑话，那场面才叫生动。那户人家的女主人看着我们吃下了那锅小白菜，在一旁吃吃地笑。

最值得一提的是小白菜的菜薹长到粗壮时，掐回来，用开水一烫，放在太阳下晾，晾到七成干，再撒上盐，放在坛里密封。这样腌制的小白菜，做成汤，大热天，喝下后，真舒服！

吃不完的往往是菜薹。天气一暖和，菜薹就攒足力气往上抽。不能眼睁睁看着那些菜薹迅速老去。我决定把那些小白菜薹卖到镇上去。有一回，我挑两篾篮菜薹到镇上。那天的镇上好像是开菜薹大会的，有好多女人在卖菜薹，我知道，我卖不过那些女人，挑起那两篾篮菜薹就往回走。后来，我把那两篾篮菜薹倒在了梅花塘。过了很久，那些躺在水上的菜薹，还在开着金黄的花朵，不愿错过花期。

吃过很多年小白菜，我觉出小白菜的味儿没变，还是那种亲切，觉出小白菜的品种没变，有的是地道，有的是纯正。现在，我四十多年的胃，一直有小白菜留下的思想，留下的成分。同样，我四十多年的眼睛，一直有小白菜留下的色彩，留下的花朵。

不争的事实里，种小白菜的机会是越来越小了。一夜之间，大白菜的疯狂出现，让很多的小白菜没有退路。尤其，那种扎人眼球的白，强有力地杀伤了小白菜的身体，包括自尊。肥胖的大白菜成了小白菜难以达到的高度。

小白菜,自然退场,在菜园。

小白菜,永久亲切,在心里。

无奈的告别

　　我在这个村庄里一乍一惊地生活了三十多年,现在,我才明白,村庄充满告别。这是一个充满告别的村庄。我的八十岁的祖母,忍受着祖父离开后的苦痛,独自坐在梨花悠闲泛白的梨树下,看雪一样缓缓飘落的梨花。我想,那些花应该是对祖母的告别。

　　二叔年轻的时候,极想在城里找个好婶,好婶没找着,围着爱情绕了很多圈子,找了村里纯朴的婶,人到中年,一对儿女在城里安了好端端的家,让儿女接走的那几天,二叔眼里的泪没有干过,婶还当着一家人的面,说,过不了几年,还回来的!

　　很多的告别再不需要仪式,年轻的媳妇姑娘们日日夜夜辛辛苦苦地念着城市,不能说她们的想法和行动错了,闹嚷着嬉笑着离开村庄,没有一点儿必要跟她们的清风庭院作一种长久地相守,身一转,就走了,那种告别的姿势,我见过多次,却一时学不来。

　　很多的时候,我知道告别的滋味是什么样子,像少年时代对童年的告别,像对母校的告别,像对水稻对芝麻对高粱的告别,那种本真的顺其自然的告别,告别就告别了,真真切切,还说不上无奈。

谁来证明 你的马

我很快就告别了我的瓦匠生活。我不知道告别之后，我会从事一种什么样的职业？这种告别对我来说，是不是一种罪过？

十二岁那年，跟父亲风里雨里雪里日里夜里学做的称之为传统的手艺，从此开始了我不知尽头的瓦匠生活，当父亲手握瓦刀教我抹灰教我如何砌好一面既平且正的墙，我曾有过前所未有的感动和荣光。因为，我能在父亲走过来走过去的村庄，将父亲的绝活满村子的发扬光大。

年近六十岁的父亲并没有闲在家里，天一亮，就在人家的好言好语里，又从那张云梯一级一级地爬上了人家的屋宇，一手一手地翻弄着颓废漏雨的屋面。

我没有告诉父亲，这一天，我没有出去，而是坐在春天的下午，让门前热烈开放的杏花一朵一朵地带着我就要告别瓦匠生活的好心情。我把那把瓦刀和那些陈旧的灰桶放在眼前，让那炫目的阳光毫不在乎地晒着，我不能对那把瓦刀说什么了，也不能对那些灰桶说什么了，过去的岁月，要说的都说了，还有什么好说的？

天还没黑，父亲早早地收了工，告别了屋宇告别了老板，那些酒告别了瓶子之后，脸上的红润还能看得出父亲日子的小滋小润，极不上腔地哼着几句戏文回来。

我不敢对父亲说。

父亲走过来，嘴里早没了戏文，用脚踢翻了灰桶，回过身来，那把争气的瓦刀也让他踢得哐当作响，飞快地落到了杏树下，我看见我的灰桶我的瓦刀的最后的也是最好的命运了。

原来，父亲早就看出了我的意思。

天完全黑尽，借着杏花的亮光，父亲瘦弱的身影，走了过来，把那几个灰桶整齐地放在一起，然后把那把瓦刀很轻巧地放进灰桶，做完这些，我看见父亲嘴上的烟头一明一暗，我猜，父亲脸上的红润怕是一点儿没有了。

父亲说，别再恋着这手艺了。

父亲的一句话，像一坨湿湿的砂浆向我甩来，我满身都是砂浆的滋味砂浆的颜色。

我想，过了这夜，就完完全全告别瓦匠生活了。

父亲又说，娃，别让这手艺给拴着，来，喝一杯去。

父亲提着灰桶轻松自然走回屋，脚步轻得没有一点儿声响，我想，我此时的告别，显然进入了无奈的成分。

夏天的蜻蜓

匆匆经过那个池塘，看见那只蜻蜓已经回到池塘，回到夏天，歇在一朵荷花上，歇在荷花的安静上。它附近是一些很绿的荷叶，荷叶附近是一些很绿的水稻。

我知道，那只蜻蜓从哪里来。我很想知道，它是不是把我的村庄当了故乡？

在池塘边停下脚步，看着夏天的蜻蜓。夏天很亮，蜻蜓的翅膀很亮，看见蜻蜓这个词，于是就把夏天的太阳给忘了，于是就把夏天的荷叶给忘了。还有村庄的那些水稻，我也忘了。

我跟蜻蜓之间，细细数来，就隔着几十步清清凉凉的水路，就隔着一段响响亮亮的阳光，如果，我喊它一声，它就能听见我的喊声，甚至回头跟我说话，甚至飞向我。

我不知道，蜻蜓在我看过十来遍的荷花上还要站立多久。这些年来，我眼里的事物往往消失得很快。那些花上的露珠,那些我亲手用过的农具,那些我握在手里的雪花,那些我很熟悉的被人卖到城里的大树。村庄很多的事物,包括那些冷冷暖暖的感觉,走了,就再也没有回来。村庄还有没有坚韧的内容,我一直在寻找村庄最坚韧的内容到底在哪儿。

对于蜻蜓的认识并不遥远,一只蜻蜓很多蜻蜓牵系了我的童年。我的眼里是低矮的村庄,翠绿的树,苍老的屋宇,以及天上疯狂走动的云。夏天的暴雨来临之前,很多的蜻蜓在村庄错综复杂地飞,满眼是蜻蜓,是蜻蜓的家园。有的蜻蜓,撞到我的额头。有的蜻蜓,还撞到我的胸前。然后急速地掉头飞走了。它们那时的颜色,那时的形状,包括飞动时的声音,甚至悲喜,我都记得。我追赶着那些飞得很低的蜻蜓,真的希望自己能够抓住它们中的哪一只。可惜我一只也没有抓住,很快,暴雨来了,就有雨点砸在它们的头,砸在它们的背,砸在它们的翅膀。它们的身子就湿了,湿得水淋淋的,却还在寻找晴朗的天空,着力地在村庄里飞越。停下步,雨水顺着我的发梢流下来,我一看,童年就在暴雨里傻傻地湿了,很快地。

我一直回忆起那个暴雨来临的夏天,回忆到那些散乱飞动的蜻蜓。我仍旧在低矮的村庄行走出没。很多年了,我想,那些蜻蜓要么老了,要么不在了。可是,那些蜻蜓在暴雨里淋湿翅膀,淋湿自己,誓不低头的样子,却永远地留在了我的印象中,留在了我经历的夏天。

歇在荷花上的那只蜻蜓有着坚韧的心态回到村庄,回来的理由,我很清楚。它没有飞向我,也没有飞向那片水稻。在水稻生长的地方,在荷花生长的地方,我对一只歇在荷花上的蜻蜓特别眷恋,特别看重。

仔细看一眼那只蜻蜓,它附近是一些荷叶的绿。荷叶附近是一些水稻的绿。我真的不敢唤它的名字,空留它的翅膀很亮,在夏天。

春 塘 水 满

无论怎么说,池塘都比村庄活着的人的年纪大,我们都是站在池塘的身边,看着池塘经历春天。

这是春雨过后的塘,塘外再没有水往里进,塘里的水也不往外流。我用手不止一次地感受过,水还是那种凉凉的水;我用目光不止一次地感受过,平静还是那种平静,春塘保持一种村庄清凉平静的气质。

整个池塘就是塘的靠南的一面长着几棵不高的杨柳,像一种醒目的标志,提示着村庄还有一口塘。那些杨柳我是一直看不厌的,挺有意思的是杨柳的枝怎么也够不着水面。那些枝试图借着风的力借着风的静的时候,杨柳真的像画落在水面,我不知道,那个时候的池塘是不是有过心动。风一来,吹乱了水面,杨柳就看不透彻池塘的心了。

菖蒲在岸边落了脚在老人们的目光里落了脚,那些在秋里在霜里死去的菖蒲还没有活过来,凉凉的水一口一口就要吻到菖蒲的白白的脚跟了。那个生命中一直想看菖蒲模样的妹妹还没有来。我试图想过,菖蒲就要发芽的心情肯定比岸边的水芹还要急。

岸边的水芹还是浅浅的一点儿绿,那些绿就是水芹看着塘的眼睛。那些眼睛完全发绿发亮,怕还要些时日。我悄声问过村庄,村庄说,水芹的精气神是一节一节攒着的,水嫩的早就装着了的呃。

菖蒲的想法水芹的想法，在清水里游动的细鱼最清楚，池塘边站定，不经意间，就看见很多的细鱼在水里活动，鱼是塘中活过来最早的动物，有时候，停在水里的样儿，极像画家在蓝蓝画幅上留下的极细极独到的一墨又一墨，黑黑的，轻轻唤一声，那些鱼一不小心怕会上来呃。

池塘等一些鸭来。

鸭在细鱼活跃了好半天后才来的。两三只鸭在塘上坐着在水上游动着，我还记得，塘水不满的时候，那几只鸭在岸边很笨拙地走动。现在，鸭不走了，花朵一样落在水面上，有时急急地伸伸腰，有时急急地理理毛，那两三只鸭像极细的云心事好高地停在天边。

我仔细听过，村庄其他的动物没有发声，就这几只鸭还叫一叫，那叫声很乡土，很纯粹，在水面上浪波一样传开去，再传开去，这种声音在提醒村庄，提醒池塘。

静静躺在村庄的一口塘。水满之后就这些景物。再就是那些极不情愿离开村庄的吃五谷杂粮脸朝黄土背朝天的老人，细碎着步子，瘦瘦地走来，还来看看池塘，依恋池塘，顺便把那些耕田犁地的牛还朝塘边的柳树上一系，然后自己坐在塘边，让好好的太阳晒着自己，让清清的一塘水清爽自己的目光。

静静卧在村庄的一口塘，说来说去，真的就这些章节，没有大起大落，没有大悲大喜，守望村庄，守望池塘，就会发现，那些杨柳，那些菖蒲，那些水芹，那些鸭子，那些老人，甚至那些牛，那些与池塘相挨很近的人和事，无论现在，还是将来，都是池塘最好的内容都是村庄最好的内容。

看见春塘水满。看见水满的春塘，我的心，真正满足了一回，在春天。

荷塘之旅

在渔樵村，循着花朵的引领，让自己来一次荷塘之旅。

荷塘是如此完整，是如此简单。

是记忆中的荷塘，塘不大，就那么几亩，一眼能望到边。是记忆中的水上幽径，一色的杉木柱子植入水中，一色的桐油木板，在阳光下闪着光泽。轻轻踩上去，响声清脆而干净。

荷高高低低。荷错落有致。

荷就在塘中展示，展示青春，展示欢喜，展示爱恋。已经是很热的天，头上是七月的阳光，是从村庄飞来的蜻蜓，是从夏天飞来的细小的蜂。

风一来，细微的风一来，水的舞台上，清凉的舞台上，有荷激情舞蹈，有荷碰撞而语。荷在翻看各自的身子，在清理各自的思绪。

我不用数，塘里有多少株荷。荷的声音、颜色、形状、悲喜，一一摆站在我面前，一一在我面前起起伏伏，一一在我面前拐弯。我的眼里，是荷丰富的内容，轻轻灵灵的，凉凉爽爽的。

站在幽径，看它们的一叶一花，都是季节设计出来的精品，看它们的一招一式，都是风向给予的姿势。凝神定气，感觉到有酒的热烈，再定气凝神，更有茶的清香。

从塘的一头开始走过去，塘上的生活是荷放大的。塘上的时间是荷拉长的。最初的荷,是尖尖的姿势,最初的花蕊,也是尖尖的。不说一句话,就渐渐放大了,不说一点儿痛,就渐渐拉长了。我把自己慢下来,慢到可以看清荷的脸,慢到可以看清荷的表情,慢到可以看清荷的心事。

我以为,荷懂事时,就开花了,花懂事时,就和肥大的蝶、细小的蜂,还有不紧不慢的风交朋友。我看见荷这个细小的词,我把夏天的蜻蜓给忘了,也把村庄的蝴蝶给忘了,还把黄昏里飞动的燕子给忘了。我看见荷这个碧绿的词,一次次把阳台上的菊花给忘了,一回回把冬天发生的初恋给忘了,不得不把痛痛快快下过的雨给忘了。

每一株荷牵我的衣袂。那一条幽径,我不知走了多久。

站在另一头,回头看,是荷的依依不舍,是荷的流连忘返。每一株看过的荷,每一株喜欢过的荷,每一株爱过的荷,都用圆润、典雅为自己送行。

荷改变了池塘,改变了池塘的平坦,改变了池塘的陈旧。让池塘有了新的高度新的想法。池塘给了荷很多,先给了水,再给了柔软的泥。

在荷塘走过,我只能大胆给池塘一些目光,只能大胆给荷一些心事,只能大胆给荷一些简单的目光和脚步。

一壶酒可以忘忧,一壶茶可以清心,那么,一池塘的荷呢?

很多年后,在看得见或者看不见的地方,摸得着摸不着的渔樵村,荷仍以生长的方式,站在池塘里。并且,有一条幽径穿行在池塘,仍是一色的植入水中的杉木柱子,仍是一色的桐油木板。荷在七月,如期抵达眼中,如期抵达内心。

Shou Chi Lian Hua De Nü Hai

手持莲花的女孩

菊花不寂寞

天气是越来越冷,门前的菊花渐渐地低下了头,在寒风中渐渐地萎缩。

这个季节的菊花离我远去。现在,我就坐在菊花身边,院子里的风,比以往的又大了一点儿。

我和菊花保持一米的距离。

我敢断定,菊花不曾寂寞。

菊花是在那个有着露水的早晨开放的。那个早晨有着清新的空气,有着暖人的阳光。我发现,那些诗意的花朵歇在那些枝头很透明、很晴朗。那些菊花开始走上长长的通向秋天的路。

在一些格外安静的日子,我坐在它们身边一口一口地喝着茶;我坐在它们身边看天空的云朵一次一次地飘过我的屋顶;我坐在它们身边看树上的丝瓜终止了秋天的思念。

经过菊花的身边,我经常把我喜欢的那只羊放到对面的山坡;那些菊花一摇一晃地看着我笑。还是经过菊花身边,我经常把那只黄狗带到村外,那些菊花仍旧一摇一晃地看着我笑。为了让秋天更秋天,为了让爱情更爱情,我没有把那些菊花带到山坡,也没有把那些菊花带到村外。

菊花迈着稳健的步子,走在秋天的路上。我在院子里看着它们无语地开放幸福地开放。它们把我的想法带到了美好的事物上。这个时候,我知道我有多么幸福。我又一次被一种急速的爱深深地穿透。我看见一些细小的蜜蜂在菊花周围飞来飞去。蜜蜂有没有把菊花想象成各种样子？我一边梦想，一边拒绝。

院子里没有热闹。一棵在春天里开过无数花朵的桃树，一点儿红红的心事也没有，静静地站在墙脚。一丛在夏天里茂盛的美人蕉，褪去了身上的绿。整个院子，常常是一声两声三声的鸡鸣，要么是一阵两阵的大黄狗的叫声。要么是一段一段的秋风，在它们身上走过。再简单不过的院子，再简单不过的生活，让一些菊花的到来变得丰富变得复杂。那些菊花藏着一年四季的秘密，轻轻地顶着秋天的重量。

每天，我都要看菊花经历秋天，经历雨水，看菊花在雨中什么也不做，就那么顶着一场场的秋雨。我把它们想象成我朴素的瓦房，我把它们想象成娶进家门的新娘。每夜，我都要想象菊花怎样入睡和入梦。谁来拥抱菊花潮湿的腰身？谁会明白它们月夜的低语？

严霜是在那些夜晚里下的。下到我的窗口，下到属于我的花朵上，像一层薄薄的雪。这些时间的严霜击退了多少菊花的队伍？渐渐地，那些菊花的心让严霜冻僵，疼在菊花的身体里无声地蔓延。可是菊花一直在坚持，坚持是最好的前行的方式和态度。

菊花的容颜和爱情从秋天开始，再结束于冬天，我坐在离菊花一米的地方，再次翻捡剩下的时光，一个人生活，冬天的寒风落在脸上，我内心的秋天和幸福，渐渐地被它们带走，留下一个叫寒冷的季节。

菊花不寂寞，它们就在明天和春天的附近，再次以回忆和等待的方式出现。

那条被春水带走的鱼

那年春天，我惬意地放生了一条鱼，鱼是鲤鱼。

我至今还不知道，那条鲤鱼叫什么名字。

春水一来，那条鲤鱼沿着我喜欢的小溪一直往上游，游到了我喜欢的另外一个春天的下午。下午的春水渐渐窄了，流速不是很快。鲤鱼也就忘了回家，尾巴总是摇来摆去，像跳着舞蹈，悠然自得。

浅浅的水里，就像发现春天一样，就像发现盛开的花朵一样，就像发现熟透的红樱桃一样，我发现了那条鲤鱼。我没有大喊，也没有作声。

鲤鱼游在小溪中，自由自在。我羡慕它，羡慕它没有烦恼，羡慕它没有杂念。

靠近那条鲤鱼是我起初的想法。

我靠近了那条鲤鱼。双手捉它前，我熟稔地卷了裤腿，双脚就轻轻靠近它。就在那一刻，鲤鱼也发现了我，并且选择了逃避，身子使劲朝前一冲。它没有找准方向，一下子跳到了泥滩上。我看见它的身子在使劲地拍打泥滩，溅起一朵朵泥花，那些泥花还溅到我的手上、脸上，溅到彩色的衣服上。

我把喜悦的心情搁在那条鲤鱼的身子上。

我双手紧紧抓住它的头和腰身，在溪水里快速地洗掉了它身上的泥。这个时候，我看清了它身上重叠的鳞片，无语地密集，犹如一件漂亮的衣服；看清了它一张一合的双鳃是那样诱人。我估计，自己是春天的村庄里，第一个抓到鲤鱼的人。我有一种满足,有一种说不出的喜悦。

泥滩上的鲤鱼,成了我手上的鲤鱼。我发现了它的无奈,发现了它的疲惫,还发现了它隐藏在内心的恐惧。

从那条小溪里走上来,我看见了正在明媚的村庄。春水荡漾的梅花塘就在我的眼里。

梅花塘边长着一棵梅。我对那棵梅说,我要放生一条鱼!这是我最好的想法。

梅树用一树的细叶见证了我的举动,梅花塘用一塘的清凉之水也见证了我的举动。我没有急着回家,站在梅花塘边,手上的鲤鱼,不断地鼓动双鳃,一双眼睛美丽地看着我。

我低下身去,把那条鲤鱼放进了梅花塘。鲤鱼下到水里,迅速地摆动了身子,就在水里活跃起来,然后,就朝深水里游去。梅花塘是宽广的。我要让它在梅花塘游走、生长,还要让它呼吸水里的氧气,并且跟其他种类的鱼和谐相处,跟水里的菱与荷相处。

鲤鱼在梅花塘总是处在舒展、活跃、悠然的状态,那是鱼与自然和谐的状态。我看见那条鲤鱼大胆地在菱间跳跃,在荷叶的阴凉里穿梭。在那样的状态里,鲤鱼成为了梅花塘最幸福的鱼。

很多次,我打开村庄的地图,打开沅水流域的地图,还打开洞庭湖流域的地图。我发现,梅花塘跟那条小溪是相通的,小溪跟柳叶湖是相通的,柳叶湖跟沅江是相通的,沅江跟洞庭湖是相通的。我想,那条鲤鱼肯定要畅游水域的宽广与美丽。

一场突如其来的雨,让梅花塘臃肿发胖。那些朝外流动的水除了发出响声之外,还带走了塘里的很多鱼,包括那条我越来越喜欢的鲤鱼。

我再也没有看见那条鲤鱼。

两年过后,梅花塘干涸,塘里捞上来很多半大不小的鲤鱼,唯独没有看见那条我亲手抓住又亲手放生的鲤鱼。其实,我早就知道,那条鲤鱼到了另外的水域。

在鱼和水的爱情里，我无法忘记它们的经典对白。鱼说：你看不见我的眼泪，因为我在水中。水说：我能感觉到你的泪，因为你在我心中。走遍村庄，我仍旧把鱼和水的对白牢牢地记在心里。

现在，很多的鱼生活在我的生活里。很多的鱼生活在我喜欢的梅花塘。我想，当初那条被春水带走的鲤鱼，给了我那个春天下午的喜悦，我不必知道它叫什么名字。

那是一条叫自然的鱼，平常之间，让我拥有了一颗自然心。

那部喷雾器

我要写的那部喷雾器，现在就搁在我新修的三楼上。它安静地躺着，不做一点儿响动。

那部喷雾器的身体是绿色的，水杯是乳白色的，盖子是黑色的。它的导管有 3 尺多长。还有，就是的它宽扁的背带，牢实、耐用。

水雾是从喷雾器的喷头上喷出来的。我最喜欢看喷雾器在阳光下喷出的水雾。仔细看，水雾呈现出斑斓的色彩，很均匀地飘落在翠绿的禾苗上。从田的这头走到那头，从地的这头走向那头，有时候，水雾经风一吹，飘逸而去。喷头发出的声响，或吱吱，或啾啾，或嗡嗡，仔细听，就能听成一种曼妙的音乐。

喷雾器很好用。除了我用之外，还有人借过。在我的印象中，就有三保、留奎、喜绳等人。三保和喜绳每次来借,我都满口答应。他俩对平常的事物都有爱惜之心。唯独留奎比较粗心,对手中的东西不太在乎。有一回,留奎来借喷雾器,我不在家。娘怕他弄坏而没有答应他。后来,我知道后,赶紧要娘给他送过去的,没有喷雾器怎么杀虫,虫杀不了,田里的稻就不没了。娘想想也是。再后来,留奎在他姐姐的帮助下很快进了城。进城前,他拉着我的手说,当初,感谢你的那部喷雾器。那一刻,我就有种幸福的感觉。

喷雾器已经使用了 8 年。8 年里,我背着它走在我分到的每一块田里,也走到我分到的每一块地里。我在我喜欢的村庄,一共分到了 8 块田和 3 块地。那 8 块田里收回来的粮食喂养了我的胃喂养了我的身体,同时,那 3 块地里收回来的花生、芝麻、红薯等作物,同样丰富了我的餐桌和生活。8 年里,我几乎和那部喷雾器形影不离。

这些年,我并不需要农民身份以外的其他称呼,也不需要农民身份以外的其他形象。我觉得,那部我背在背上的喷雾器就能让我的身份更贴切,更实在。当那部喷雾器紧靠在我的背上时,我就觉得有一种亲切,那是一种无法言说的亲切。它让我的农民形象更泥土,更逼真,更生动。我头戴一顶草帽,背着它在田埂上自由自在地行走,头顶是蓝天白云,身后是杂树掩映的生态家园,眼下是清风吹拂的翠绿水稻。那一次,一个摄影朋友非要留下一张照片。我欣然答应。

有时候,我身上的汗水毫无顾忌地湿到了它。有时候,它从进口晃荡出来的药水也打湿了我的衣服和身子。几年前的一个秋天,水稻特别容易遭受虫灾,整个村庄的人都在叹息水稻怕难保住。虫口保稻成为我那个秋天的决心。我早晨背着它下到田里,下午又背着它。那一天,我身上的衣服让它晃荡出来的药水,湿得水淋淋的。

我觉得我有爱惜它的可能和必要。每次使用之后,我就把它放在通风亮敞的地方。出门看它一眼,进门看它一眼,怎么看都是一种舒服,怎么看都是一种享受。

我的村庄让两条穿村而过的高速公路带来了极大的变化。高速公路的到来让原本属于我的田地急剧减少,也让那些低矮的房屋拥挤在一起并且长高了一层,还让一些有着花白头发的老人坐在一起生发了今后吃什么的想法和担忧。

田没了,地没了,还要不要那部喷雾器?我突然间冒出的想法。我没有像扔掉我童年坐过的一把椅子一样扔掉它,而是把它跟我特别的家具一起,轻轻放进了我新修的楼房。

在我愿意爬上的三楼,那部喷雾器找到了一个很好的位置,一个足以让它安静的位置。

我想,只要我在,它就不会蒙上岁月的轻尘。我依旧能看到它黑色的盖子,乳白色的水杯和绿色的身体。

岭 上 杏 花

在我家的西侧,有一小山,山不高,村里人习惯叫它岭上。我也这么叫它。

岭上有一些杏树。那些杏树大多有 20 来年的生命和生活,算得上经风历雨了,也算得上树粗枝密了。

在我的印象中,树是同今叔栽的。岭上栽了杏树的消息,整个屋场上的人一点儿不知道。直到那些树在春天里放肆地开出花来,屋场上的人就惊讶了:哟,同今,居然在岭上栽了杏树。惊讶声里,同今叔栽杏树的事就传开了。

同今叔收获着树上的杏子,或挑到镇上卖,或挑常德城里卖。杏子成熟

的季节,谁经过同今叔屋前,他都会大方地一把两把地往谁的口袋里塞上杏子。我还记得,在他的热情里,也让他塞过几回,那从我口袋里掉下来的杏,在地上有过短暂的蹦跳、滚动。

只是,两年前,他随一个他喜欢了两年的女人一块儿去了云南。走之前,他拉着女人柔弱的手,在岭上转了一圈又一圈。出来时,眼睛里是一些对岭上杏树的痴情,还有怀念的泪。女人劝他:心里有这些高高低低的杏树就够了。

我不知道,同今叔亲手栽下的杏树,是不是给每一棵都起了一个好听的名字? 同样,是不是给每一棵树都编上了一个序号?

同今叔走后,那些杏树在岭上兀自开花,兀自结果。

我喜欢的村庄越来越狭小,越来越瘦弱。高速公路属于远方的城市,它连接的是产生繁华和文明的城市,而不是村庄。我只能观望的高速公路一不小心地躺在我所生活的村庄,躺下来就不走了。

这两年,在我生活的瘦弱村庄,在我出入的家园,我忘记了对一些树的守候,忘记了对一些树的看望,就像我忘记了对一些亲人的守候和看望。忘记了岭上正在发生的春天里,还有让我眼睛一亮的内容。

一定要走进岭上! 是我整个春天强烈的想法和呼喊。

我在安静里走到岭上。从一种安静走到另一种安静,走进岭上那天,一棵棵的杏树在安静,整个岭上在安静。曾经的风,没有刮过岭上;曾经的云,没有流过岭上;曾经的青鸟,没有一翅一翅飞过岭上。我看见,每一棵杏树都墨黑着身子一语不发。我看见,每一棵树上的杏花在疯狂地打花蕊,一枝一枝的,很多花蕊像黏附在枝上的米粒,更像包裹不住的青春。这些在打蕊的杏树让我眼睛一亮。

我在其中一棵树下短暂地停留,开始对岭上杏树大胆地设想:这些比我年龄还小的杏树,这些内心比我还安静的杏树,再过几天,再有几天阳光的晾晒,一定是一句句的唐诗,一定是一阕阕的宋词,一定是一幅幅水墨丹青。

过去,我喜欢走到村庄开花的树下,看花朵的开放和凋谢,看果实的形成和成熟。我还喜欢走到一些低矮的庄稼前,看它们在经历雨水洗礼后健康地长高。现在,在越来越瘦弱的村庄,在我的无奈里,只有努力地养成这种回忆的习惯。

在很多人看来,岭上杏花,算不上风景。

村庄还在,春天还在,岭上杏花就在。

岭上杏花还在,在不远处,在家的西侧,在我的内心深处。

手持莲花的女孩

我热爱的村庄和我逃离的城市,就隔着一张车票的距离。

夏天,当我一坐上那没有空调的中巴,我就觉得这段距离显得很长,凉爽的季节,我从那车里出来,就不停地感叹,这段距离咋就这么短。

我的抽屉里有了厚厚的一叠车票。有时候,我拿出里面的一张来,仔细辨认上面的日期,是春天的还是夏天的。我是个注重细节的人,在这张车票上发生的故事和戏剧性的动作,都存在我的记忆之中。

不是一下车,就能进入家中。进入家中之前,我还要经过那弯弯的池塘,我就能看见那手持莲花的女孩。

其实,见到那个手持莲花的女孩,是在夏天,是在夏天的池塘边,她背后是满塘的荷叶,裙袂一样抖着池塘的风采,她背后是绣在裙袂上的荷花,像荷塘闪闪的心事。

女孩属于村庄属于池塘,她一定熟悉塘中之水,熟悉水上清凉,她一定熟悉塘中之荷，熟悉荷上的蜻蜓。我叫不出她的跟荷花一样好听一样干净的名字，可我叫得出村庄的名字，叫得出池塘的名字。女孩安静地站着，面朝隔她很远的城市。

手持莲花的女孩在等待。莲花的颜色很白，就像巧手一笔一笔用心描上的瓷。整个莲花的结构，就像我多年前在池塘采摘的一样。那种白白的颜色诱惑了我的少年，并且穿透了我后来的生活，对于莲花的颜色，成了不忍放弃的颜色。

我不知道她手中的莲花是怎样获得的。我不知道她手中的莲花释放着怎样的芳香。在我经过她身边的时候，这一切，对我来说，真的重要。尤其在那个夏天渐渐暗淡之后。

我喜欢这样的女孩永久地存在村庄。我喜欢这样的池塘永远地开放这样的莲花。我喜欢这样的油画停留在夏天。有池塘在，就有莲花在；有莲花在，就有女孩在，这是怎样的推理？我怀疑这样的极不正确的推理。

我不知道这样的结果是不是有人怀疑。村庄对于城市的奉献，完美无缺地体现在这样的事实上。风雨中，村庄所有坚定信心的大树，都被城市一次次相中，在可以或不可以移栽的日子，成了城市的居民。村庄面容娇好的女子，去掉了泥土的质朴，在城市的喊声里，慌忙地做了城市的新娘。村庄的生动在树，在女子。

手持莲花的女孩，她的坚守会有多久？我没有告诉她城市的真实细节和目前的品德。我没有给她城市到村庄的毫不起眼儿的车票。我不知道外面的诱惑会不会过早地穿透她的双眼？

手持莲花的女孩，站在夏天的池塘边，远远打量隔着一张车票的城市。打量的样子，最初成为眼中的油画，最后成了我心头的痛。